RENÉ FREUND

Liebe unter Fischen

Buch

Fred Firneis, Lyriker mit sensationellen Auflagen, leidet nach langen alkoholdurchtränkten Jahren an der Literaturfront an einem Burnout.
Verlegerin Suanne Beckmann, die ihr Zugpferd in seiner Wohnung in Berlin-Kreuzberg aufspürt, schickt Firneis in eine Holzhütte in den österreichischen Alpen. In Grünbach am See gibt es weder Strom noch Handyempfang, und mithilfe des Revierförsters August und seiner klaren Weltsicht kommt Fred langsam wieder zu Kräften. Doch dann taucht Mara auf, eine junge Biologin aus der Slowakei, die ihre Doktorarbeit über *phoxinus phoxinus* schreibt. Die Elritze ist ein spannender kleiner Schwarmfisch, und bald interessiert sich Fred für sämtliche Details von Biologie, Verhaltensforschung – und Mara.
Fred beginnt wieder zu dichten, und alles entwickelt sich ganz prächtig, bis die Idylle plötzlich von düsteren Wolken getrübt wird: Mara ist verschwunden ...

Autor

René Freund, geboren 1967, lebt als Autor und Übersetzer in Grünau im Almtal. Er studierte Philosophie, Theaterwissenschaft und Völkerkunde. 1990 hängte er seinen Job als Dramaturg am Wiener Theater in der Josefstadt an den Nagel und veröffentlicht seitdem regelmäßig Hörspiele, Sachbücher, Theaterstücke und Romane.

René Freund

Liebe unter Fischen

Roman

GOLDMANN

Verlagsgruppe Random House FSC® N001967
Das FSC®-zertifizierte Papier *Holmen Book Cream* für dieses Buch
liefert Holmen Paper, Hallstavik, Schweden.

1. Auflage
Taschenbuchausgabe Februar 2015
Wilhelm Goldmann Verlag, München,
in der Verlagsgruppe Random House GmbH
Lizenzausgabe mit Genehmigung des Paul Zsolnay Verlages, Wien
Copyright © der Originalausgabe 2013 Deuticke
im Paul Zsolnay Verlag, Wien
Umschlaggestaltung: Uno Werbeagentur, München,
unter Verwendung eines Entwurfs und Motivs
von David Hauptmann,
Hauptmann & Kompanie Werbeagentur, Zürich
Th · Herstellung: Str.
Druck und Bindung: GGP Media GmbH, Pößneck
Printed in Germany
ISBN 978-3-442-47994-8
www.goldmann-verlag.de

Besuchen Sie den Goldmann Verlag im Netz

16. Juni

»Anrufbeantworter von Alfred Firneis. Bitte hinterlassen Sie keine Nachricht. Ich rufe nicht zurück.«

»Firneis! Ich grüße Sie. Hier spricht Beckmann, falls Sie noch wissen, wer ich bin. Hören Sie, Firneis, wär doch mal wieder Zeit, was zu machen. Ein schönes Bändchen auf die Reihe bringen. Muss nicht viel sein. Ein paar Texte werden Sie bestimmt in der Pipeline haben, Herr Firneis. Seien Sie doch so freundlich und rufen Sie mich zurück. Im Übrigen sind Sie per Mail nicht zu erreichen. Hat Ihr Computer ein Problem?«

18. Juni

»Anrufbeantworter von Alfred Firneis. Bitte hinterlassen Sie keine Nachricht. Ich rufe nicht zurück.«

»Firneis, ich bin's noch mal. Beckmann. Hören Sie, es wäre doch echt an der Zeit, wieder was nachzuschieben. Die Vertreter machen Druck! Firneis, der Markt lechzt nach Ihnen! Von *Im Schein der Wolkenkratzer* haben wir jetzt Hundertfünfzigtausend verkauft. *Jenseits von Mitte* ist vergriffen, wir drucken gerade nach. Mensch, Sie sind der einzige Lyriker im deutschen Sprachraum, der Kasse macht. Sie müssen jetzt nachlegen, Firneis, der Markt vergisst schnell! Rufen Sie umgehend zurück. Oder schalten Sie Ihr Handy ein!«

19. Juni

»Anrufbeantworter von Alfred Firneis. Bitte hinterlassen Sie keine Nachricht. Ich rufe nicht zurück.«

»Ich hätte da auch schon 'nen Titel für Sie, Firneis. Irgendwas mit Kreuzberg. So wie *Liebling Kreuzberg*, nur anders. Griffiger. Poetischer. Sie wissen, was ich meine, Firneis. Wir sollten keine Zeit mehr verlieren.«

19. Juni

sms: »Lieber Firneis! Ihr Anrufbeantworter kotzt mich an. Bitte dringend um Rückruf.«

20. Juni

Nachricht, Mobilbox: »Lieber Herr Firneis, ich weiß, dass Sie in Berlin sind. Ihr Spiel ist albern. Ich sag Ihnen die Wahrheit, Fred, ich hab Ihren neuen Lyrikband bereits angekündigt. Es fehlen eigentlich nur noch die Texte. Und der Titel! Ich ... ich erhöhe Ihre Tantiemen auf elf Prozent. Bitte dringend um Rückruf! Susanne Beckmann. Ihre Verlegerin, falls Sie sich daran noch erinnern können!«

21. Juni

Na gut, dachte Susanne, dann müssen wir es eben auf die harte Tour machen. Das störte sie nicht. So kam sie zumindest einmal aus dem Büro heraus, und das war an diesem sonnigen Nachmittag nicht das Schlechteste. Die Fahrt nach Kreuzberg zögerte sie ein wenig hinaus. Als überzeugte »Schnitte von Mitte«, wie sie sich selbst titulierte, genoss sie zunächst den gut halbstündigen Spaziergang von ihrem Verlagsbüro in der Tucholskystraße zu ihrer Wohnung in der Kollwitzstraße. Zwar hatten die iPhones und iPads, die mit ihren Menschen durch die Straßen liefen, für ihren Geschmack ein wenig überhandgenommen, aber immerhin konnte sie sich unter all diesen jungen und elitären Leuten selbst auch ein wenig jugendlich und mondän fühlen.

Susanne hatte das Glück gehabt, noch vor dem Boom eine erschwingliche Mietwohnung in der Gegend um den Prenzlauer Berg zu finden. Noch dazu mit einer Dachterrasse, auf der sie nun Kaffee trank. Sie liebte dieses kleine Refugium mit dem Bretterboden und dem Holztisch, an dem sie auch abends gerne saß, mit Freunden bei Wein und Kerzenschein. Besser ging es gar nicht. Nun ja, ein Mann fehlte vielleicht für die perfekte Idylle, gestand sich Susanne manchmal ein, wenn sie ehrlich zu sich selbst war. Männer gab es in ihrem Leben. Aber *der* Mann war nicht dabei. Schließlich werden die Ansprüche an einen Partner im Lauf eines Lebens nicht geringer. Susannes Ansprüche waren hoch und ihr Wille, lieber allein als mit einem Kompromiss zu leben, ungebrochen.

Susanne goss ihre Rosmarinsträucher und Lorbeerbäumchen und duschte kalt, bevor sie sich auf die Reise nach Kreuzberg machte. Eine Reise, die sie nicht nur wegen der Aufgabe, die ihr bevorstand, nicht gerne antrat, sondern auch, weil sie Kreuzberg nicht sonderlich mochte. Überhaupt den Bergmannkiez, wo Fred wohnte, ein ihrer Meinung nach vollkommen überschätztes Viertel, das sie ein wenig schmuddelig fand.

Susanne Beckmann blieb vor einem Haus stehen. Sie sah an der Fassade hinauf. Die Fenster im zweiten Stockwerk waren geschlossen und von einer dicken Schmutzschicht bedeckt. Susanne atmete durch und drückte die schwere Eingangstür auf.

Die Glocke läutete schrill. Susanne drückte den Klingelknopf, immer wieder. An der Wohnungstür hing ein kleines Messingschild: Alfred Firneis. Daneben vier kleine Löcher. Offensichtlich war hier ein anderes Schild abmontiert worden. Vor Firneis' Wohnung sah es aus wie bei der Altpapiersammlung. Briefe, Werbeprospekte, Pakete stapelten sich auf dem Flur. Susanne hielt inne. Lauschte. Sie hörte jemanden in der Wohnung herumschleichen. Sie beschloss, weiter zu klingeln, wobei sie sich bemühte, den Rhythmus so nervenaufreibend wie möglich zu gestalten.

Endlich ging die Tür auf. Fred Firneis stand seiner Verlegerin leicht gekrümmt, aber keineswegs überrascht gegenüber. Er trug Shorts und ein ärmelloses Unterhemd, das mit seinen vielen Flecken als Menükarte der Nahrungsaufnahme der letzten Tage dienen konnte.

»Wusste ich's doch«, sagte Fred.

»Wenn Sie es wussten, hätten Sie ruhig früher aufmachen können«, sagte Susanne, »darf ich reinkommen?«

Fred gab zögernd den Weg frei. »Es ist nicht besonders aufgeräumt.«

Susanne drängte sich an ihrem Autor vorbei. Die Tür fiel zu. Es war ziemlich düster in Alfreds Altbauwohnung, weil der Schmutz auf den Fensterscheiben das Licht nicht so richtig durchließ. Susanne Beckmann sah sich um. Nicht besonders aufgeräumt, dachte sie, ist eine Untertreibung. Eine gewaltige Untertreibung. Es gab, genau genommen, nicht einmal einen freien Sitzplatz, den Fred seiner Verlegerin hätte anbieten können. Leere und halbleere Flaschen standen überall herum. Aschenbecher quollen über, Kartons mit Pizzaresten und Papiertassen vom Take-away-Chinesen blockierten Sofa und Stühle, Zeitungen und Zeitschriften stapelten sich auf dem Tisch.

»Wollen Sie was trinken?«, fragte Fred, »Jack Daniels ... Smirnoff? Bordeaux hab ich auch noch irgendwo ... Montepulciano?«

»Was ohne Alkohol?«

»Leitungswasser.«

»Dann lieber ein Glas Wein.«

Susanne nahm einige der herumstehenden Gläser und beförderte sie in die Küche. Dort sah es noch schlimmer aus als im Wohnzimmer. Etwas verlegen lief Fred hinterher.

»Lassen Sie, ich wasch es selbst«, sagte Susanne, die bei ihrem Glas auf Nummer sicher gehen wollte.

»Warum kommen Sie zu mir?«, fragte Fred.

»In Ihrer Spüle wachsen Pilze.«

»Die brauche ich für meine Pizza funghi.«

Da Susanne kein vertrauenswürdiges Geschirrtuch fand, hielt sie Fred das tropfende Glas vor die Nase.

»Wo ist der Wein?«

Fred begann, zunächst in einem Küchenschrank, dann im Kühlschrank, danach im Wohnzimmer nach Wein zu suchen. Er fand nur leere Flaschen. Immerhin stieß er zufällig auf Jack Daniels und nahm einen tiefen Schluck aus der Flasche. Denn Whisky half bei Aufregungen wie einem unerwarteten Besuch.

»Ich ruf im Laden unten an«, sagte Fred. »Özer bringt mir Wein rauf, wenn er Zeit hat. Obwohl er Moslem ist. Kann aber ein, zwei Stunden dauern.«

»Warum gehen Sie nicht in den Laden runter und kaufen eine Flasche?«

»Nein.«

Susanne sah Fred fragend an. Fred nahm noch einen Schluck aus der Flasche und seufzte: »Ich war schon seit Wochen nicht mehr draußen.«

»Warum nicht?«

»Interessiert mich einfach nicht.«

»Wir gehen jetzt gemeinsam raus und kaufen eine Flasche Wein.«

»Nein, das machen wir nicht!« Fred bemerkte, dass er ungebührlich laut geworden war, deshalb setzte er hinzu: »Wissen Sie, draußen, da bekomme ich so ... Schwindelgefühle. Aber das haben viele. Als würde sich alles drehen.«

»Wenn ich Sie an der Hand nehme, Fred, dann sind Sie in Sicherheit.«

»Ist wirklich nicht nötig. Mir ist da unten einfach zu viel los. Und wenn so viele Leute da sind, zum Beispiel im Supermarkt, kennen Sie das? Wenn das Herz so pocht? So schnell? Und total unregelmäßig? Mir wird davon schwindlig und dann lauf ich schnell heim, da kann mir nichts passieren. Ich ruf jetzt Özer an. Ist einer unserer letzten Türken hier im Kiez. Die werden alle verdrängt von Ihren Wessis aus Mitte mit den Luxuskinderwagen.«

»Erstens sind es nicht meine Wessis und zweitens sind Sie hier der Zuwanderer.«

»Warum sind Sie gekommen?«

Susanne ging zu einem der Fenster im Wohnzimmer und riss es auf.

»Sie brauchen Hilfe«, sagte sie.

Frische Luft strömte herein und mit ihr Straßenlärm, Gelächter und Vogelgezwitscher.

Fred verschränkte die Arme: »Man soll keinem helfen, der nicht darum gebeten hat.«

»Alfred, Sie brauchen professionelle Hilfe.«

»Sie meinen einen Psychiater?«

»Ich meine zunächst mal eine Putzfrau.«

22. Juni

sms: Lieber Alfred! Bitte werfen Sie Ihren Computer an! Gruß Susanne
sms: danke für die reinigungskraft. ich fürchte, jetzt braucht sie professionelle hilfe. in dem fall psychologische ☺
sms: Rufen Sie Ihre Mails ab, damit ich Ihnen wieder schreiben kann. Das Getippse ist mühsam.
sms: ich kann keine mails abrufen.
sms: ?

sms: ich hab meinen laptop weggeworfen.

sms: Da waren doch sicher neue Gedichte drauf?!

sms: keine sorge. ich habe ihn mit einem hammer zertrümmert und erst dann in die mülltonne getan.

Gespräch, Mobiltelefon

Susanne: Das war ein Scherz.

Fred: Nein, wieso?

Susanne: Sie haben Ihren Computer nicht wirklich zerstört?!

Fred: Schon.

Susanne: Wir müssen miteinander reden.

Fred: Ich brauche keine Hilfe.

Susanne: Ich brauche Hilfe!

Fred: Putze oder Psycho?

Susanne: Ich brauche ein erfolgreiches Buch. Und zwar ziemlich dringend.

Fred: Dann müssen Sie sich einen guten Autor suchen. Versuchen Sie es mal mit einem Krimi. Die sollen gut gehen.

Susanne: Jetzt weiß ich's. Sie haben den Verlag gewechselt.

Fred: Was?

Susanne: Sie sind jetzt bei Suhrkamp.

Fred: Nein.

Susanne: Bei Hanser!

Fred: Nein!

Susanne: Können wir miteinander essen gehen?

Fred: Nein.

Susanne: Bitte! Alfred! Seien Sie ein bisschen kooperativ. Sie brauchen doch auch Geld!

Fred: Ich schaff das nicht. Ich schaff das nicht, da draußen unter Leuten zu sitzen.
Susanne: Ich komme zu Ihnen.
Fred: Ich weiß nicht.
Susanne: In zwei Stunden. 19 Uhr.
Fred: Heute war schon die Putzfrau da. Ich schaff das nicht. Ich bin müde.
Susanne: Morgen.
Fred: Rufen Sie morgen an.
Susanne: Sie gehen dann wieder nicht ran!
Fred: Ich weiß nicht.
Susanne: Ich bin morgen um 19 Uhr bei Ihnen. Tschüss!

23. Juni

Fred Firneis und Susanne Beckmann saßen an Freds Esstisch, der seit kurzem wieder als solcher erkennbar war. Die Reinigungskraft hatte ganze Arbeit geleistet.

Während Fred ein Glas Wein nach dem anderen in sich hineinschüttete, aß Susanne sämtliche Papierboxen des Take-away-Asiaten leer. Drei Gerichte für zwei, das sollte reichen, hatte sie gedacht, aber jetzt futterte sie ganz alleine, knusprige Ente, Garnelen mit Ingwer, Rindfleisch mit Koriander.

»Sie sollten auch etwas essen«, sagte sie vorwurfsvoll.

»Ich habe keinen Hunger«, antwortete Fred. »Aber das Zeug ist nicht schlecht. Obwohl es natürlich kein Vietnamese ist, sondern ein Chinese. Er behauptet nur, er wäre Vietnamese, um sich interessant zu machen.«

Susannes iPhone meldete sich. Während sie mit der rechten Hand Garnelen fing, checkte sie mit links die neuen Mails und Postings. Da Fred ohnehin nur trank und vor sich hin starrte, nahm Susanne sich die Zeit, auf ihre elektronische Post zu antworten. Sie schaffte es aber, gleichzeitig zu reden: »Sie sollten sich einen Computer kaufen. Zumindest einen Tablet.«

»Ich will nicht.«

»Sie müssen wieder Anschluss finden. Anschluss an die Welt! Sie müssen kommunizieren! Warten Sie mal. Ich zeig Ihnen was.«

Susanne warf die Garnelenschale in eine leere Papierbox und wischte sich den Mund ab. Sie nahm ihr iPhone, tippte etwas ein, setzte sich neben Fred.

»Sehen Sie mal. Die Facebook-Fanseite, die wir für Sie eingerichtet haben: Sie haben 2768 Freunde! Stellen Sie sich das mal vor! Die liken Sie alle! Hier, lesen Sie: ›*Jenseits von Mitte* ist der beste, ironischste, witzigste, hintergründigste Gedichtband, den ich je gelesen habe. Bitte mehr davon!‹ Das schreibt diese Petra. Gucken Sie mal! Die sieht richtig gut aus. Und hier: ›Felicidades a Fred!‹ Mercedes aus Barcelona. Wir haben in Spanien 3000 verkauft. Und erst die Franzosen, die lieben ja Gedichte. *Im Schein der Wolkenkratzer* hat dort über 11.000 verkauft! Hier, eines der vielen Postings: ›Bonjour, je dévore *A la lueur des gratte-ciels*. Je ris, je pleure! Merci! Isabelle, Paris.‹«

»Lauter Frauen«, seufzte Fred missmutig.

»Nein, auch Männer. Hier, ein Uni-Professor aus den USA. Germanist: ›I loved your books (*Jenseits von Mitte* and *Im Schein der Wolkenkratzer*). Will there be more poems?‹ Sie machen die Menschen da draußen glücklich, Fred. Die wollen Sie. Die lechzen nach Neuem!«

»Wer hat Ihnen überhaupt erlaubt, diese Facebook-Seite zu machen?«

»Alfred, die Werbung mit neuen Medien ist Teil des Vertrags. Es wäre höchst unprofessionell von uns, keine Facebook-Fanseite für unseren erfolgreichsten Schriftsteller einzurichten.« Susanne ließ drei Stück Ente gleichzeitig in ihrem Mund verschwinden, was Fred mit dem Leeren seines Glases beantwortete.

»Ich wette, die meisten haben die Gedichte gar nicht gelesen«, rief er aus, »und wenn, dann nicht verstanden. Das ist doch alles Selbstdarstellungs-Scheiße. Wissen Sie, was Facebook für mich ist? Das ist so wie *Die große Chance* oder *Germanys next Top-Irgendwas*. Eine riesige Castingshow! Und alle sind gleichzeitig Kandidaten und Jurymitglieder und müssen rund um die Uhr beweisen, wie toll sie sind und wie gut es ihnen geht und dass sie es wert sind, geliebt zu werden. Dabei wissen die nicht mal, wer sie sind und was an ihnen liebenswert sein soll, weil sie sich selbst am allerwenigsten lieben!«

»Das ist doch Intellektuellen-Quatsch, was Sie da reden.«

»Außerdem ist Facebook von vorgestern«, fügte Fred trotzig hinzu. »Glauben Sie, ich habe meinen Computer zum Spaß zerstört? Ich verachte dieses jämmerliche Ersatzleben! Und während ich diesen Satz ausspreche, hat es auf Ihrem Ding da schon wieder fünfmal düdeldü gemacht und Sie haben drei Anrufe oder Postings oder sms oder Mails oder was versäumt! Ständig ist man dabei, irgendwas zu versäumen!«

Fred schenkte sich ein weiteres Glas ein und zündete sich eine Zigarette an, an der er zornig saugte. Susanne seufzte. Sie hatte mit ihrem Autor schon mehr Spaß gehabt.

»Alfred, Sie betrinken sich jeden Tag, arbeiten keinen Strich und gehen nicht mehr aus Ihrer Wohnung. Finden Sie das toll? Oder ein richtiges Leben im Gegensatz zum *Ersatzleben*? Sie trauen sich ja nicht einmal mehr auf die Straße. Sie haben Angst!«

»Was?«

»Angstzustände. Panikattacken. Burnout. Und Sie sind gerade dabei, in eine hartnäckige Depression zu schlittern, wenn Sie mich fragen.«

»Haben Sie studiert?«

»Ich habe Erfahrung.«

»Mich hat dieser Psychokram noch nie interessiert. Ich helf mir selber. Wenn ich will.«

»Könnte ich vielleicht auch mal ein Glas Wein haben? Die zweite Flasche haben Sie fast alleine gesoffen.«

»Tschuldigung«, sagte Fred und leerte den Rest der Flasche gleichmäßig in beide Gläser.

»Sie sind doch der Meister der Überraschungen! Des Neuen, Frischen!« Susanne versuchte, mitreißend zu wirken. »Noch nie musste man von Ihnen eine Zeile lesen, die auch nur das geringste Klischee beinhaltete! Und jetzt das? Schriftsteller in der Schreibkrise in der unaufgeräumten Wohnung! Ist Ihnen so viel Klischee nicht peinlich?« Ein Versuch, dachte Susanne. Eine kleine Charmeoffensive. Zuckerbrot. Doch Alfred Firneis zeigte nicht einmal den Anflug eines Lächelns. Stattdessen stellte er mit der größten Überzeugtheit fest: »Klischee hin oder her – was ich schreibe, ist Müll, das ist eine Tatsache.«

Susanne stöhnte und schob die Sojasprossen entnervt aus ihrer Reichweite: »Was soll's. Mich geht's nichts an.«

»Da haben Sie recht«, sagte Fred schnell. »Ich brauche Ihr Mitleid nicht.«

»Ich habe kein Mitleid mit Ihnen. Ich bin Ihre Verlegerin und möchte ein neues Buch.«

»Sie reden so viel! Und so laut! Ich weiß schon, Sie wohnen am Prenzlauer Berg, da sind die Leute alle ein bisschen laut und ein bisschen oberflächlich, aber übertreiben Sie es nicht ein wenig?«

»Ich finde, Sie übertreiben, Alfred. Zumal Sie in einer Gegend wohnen, die längst von Latte Macchiato überschwemmt ist.«

Das saß. Zumal Fred schon länger überlegt hatte, doch nach Neukölln zu ziehen, wovon ihn in erster Linie die Anstrengungen einer Übersiedlung abgehalten hatten.

»Diese Mitte-Leute haben auf Sie abgefärbt«, sagte er, um wieder in die Offensive zu gehen. »Kohle. Sie wollen Kohle mit mir machen.«

»Ja. Auch! Und wissen Sie, warum? Ihr Erfolg hätte uns beinahe umgebracht. Klingt jetzt vielleicht doof, aber wir haben gleichzeitig Steuervorauszahlungen und Nachzahlungen zu leisten! Da kennen die keine Gnade. Dieses Schicksal wird Sie im Übrigen auch treffen.«

»Ich bin Österreicher.«

»Das wird Ihnen nichts helfen. Sie werden Geld brauchen!«

»Ich werde was anderes machen. Etwas, was sicher nichts mit Schreiben zu tun hat.«

»Oh Gott, jetzt fangen Sie wieder damit an!«

»Nein. Ich höre damit auf. Endgültig. Düdldidum.

Sie haben schon wieder was versäumt. In Ihrem Ersatzleben.«

Susanne verstaute ihr Telefon in der Tasche. Am liebsten wäre sie jetzt gegangen, doch erstens war sie zäh, und zweitens entsprach es leider der Wahrheit: Sie brauchte tatsächlich einen Bestseller, um den S. Beckmann Verlag zu sanieren. Und der einzige Bestseller-Autor in ihrem Stall war nun mal Alfred Firneis. Ausgerechnet ein Lyriker. Es war zum Heulen.

»Alfred. Was uns gemeinsam passiert ist, war ein Wunder. Das wissen Sie. Es ist praktisch unmöglich, von einem Gedichtband mehr als fünfhundert Stück zu verkaufen. Sie haben zwei Bände mit jeweils mehr als Hundertfünfzigtausend verkauft, mit den Taschenbuch-Ausgaben und den Übersetzungen ist das fast eine halbe Million. Herr Firneis! Das ist ein Gottesgeschenk! Ein Wunder! Werfen Sie das nicht weg!«

»Wunder kann man nicht wiederholen.«

»Sie haben es bereits wiederholt. Und ich bin überzeugt davon, es geht noch einmal.«

»Ich nicht.«

»Wollen Sie es nicht versuchen?«

»Es ist verdammt hart, nach einem Erfolg einen Misserfolg einzustecken.«

»Sie werden doch kein Feigling sein?«

Fred trank, rauchte und dachte nach. Susanne spürte, dass er nun etwas weicher wurde, und setzte nach: »Fred, wovor laufen Sie davon?«

Fred sagte nichts.

»Schreiben Sie überhaupt irgendwas?«

»Klar«, sagte Fred. »Aber das ist alles Müll.«

»Sagten Sie bereits. Vielleicht stimmt es nicht. Zeigen Sie es mir.«

»Ich kann das schon beurteilen. Wissen Sie – bei meinen guten Gedichten war es so – sie wussten mehr als ich. Sie haben Türen geöffnet, hinter denen Räume lagen, von denen ich selbst nichts wusste. Aber die Türen sind zu. Oder die Räume weg ...«

»Schreiben Sie darüber!«

»Nein.«

»Was machen Sie eigentlich den ganzen Tag?«

»Dies und das. Ehrlich gesagt, nicht viel.«

»Sie haben nicht mal einen Fernseher.«

»Den hab ich verschenkt. Ich bin mal über eine Werbung gestolpert, da sah man eine Kuh auf der Weide, auf so einer schönen grünen österreichischen Almwiese, und das Herz ging mir auf. Danach sah man ein verpacktes Stück Fleisch. Der Sprecher sagte: *Knallhart kalkuliert. Rinderfilet, jetzt um 12,99.* Da musste ich weinen.«

»Früher hätten Sie ein Gedicht draus gemacht.«

»Sie kalkulieren auch knallhart.«

»Und Sie haben also geheult wie ein Mädchen und dann Ihren Fernseher verschenkt?!«

»Ja. Seitdem ess ich nur noch Veggie-Pizza und dieses chinesische Garnelenzeug.«

Der ist leider richtig durchgeknallt, dachte Susanne.

»Wissen Sie was? Gehen Sie den Jakobsweg! Das hat schon viele auf andere Ideen gebracht.«

Alfred lachte höhnisch: »Allein wenn ich Jakobsweg höre, bekomme ich die Krise.«

»Die haben Sie schon.«

»Sie denken, ich bin dann mal weg und komme als

Hape Kerkeling der Lyrik mit einem Rucksack voller Gedichte zurück?«

»Eine Veränderung würde Ihnen gut tun. Das ist alles, was ich denke.«

Fred sagte nichts. In der sich ausbreitenden Stille öffnete er die dritte Flasche Rotwein, schenkte allerdings nur sich selbst nach.

»Nun ja«, sagte er kühl, »schön, dass Sie da waren. Danke für den Wein.«

»Mein Vater ist vor drei Wochen gestorben«, sagte Susanne.

»Das tut mir leid.«

»Muss es nicht. Er war ein verbitterter alter Mann. Seit meine Mutter gestorben ist, wollte er nichts als abtreten von dieser Welt. Schade um die gute Zeit, die er noch hätte haben können. Ich hab ihn nicht mehr viel gesehen. Er hat in München gewohnt. Bis vor zwei Jahren verbrachte er noch jeden Sommer in unserer Hütte am Elbsee, aber das hat er dann nicht mehr gewollt. Trotz der slowakischen Pflegerin. *Sieht aus wie 'ne Striptease-Tänzerin*, hat er immer gesagt, *und sie kocht auch so.*«

»Wollen Sie mir etwas damit sagen?«

»Die Hütte ist frei. Sie können sich gerne kreativ dorthin zurückziehen.«

Da Fred nicht antwortete, begann Susanne, die Reste des Essens zusammenzuräumen, wobei sie sich nicht daran hindern konnte, noch den einen oder anderen Bissen in ihrem Mund zu entsorgen. Jetzt wollte sie Fred noch ein bisschen quälen, das hatte er verdient.

»Und Charlotte? Wann ist sie ausgezogen?«

»Vor drei Monaten. Ich möchte nicht darüber reden.«

»Haben Sie einen Freund? Einen guten Freund?«
»Ich möchte mit niemandem darüber reden.«
»Ihnen fehlt eine Muse.«
»Geben Sie's auf.«
»Sie brauchen eine Frau.«
»So dringend wie einen Schuss ins Knie.«

Fred sprang plötzlich auf. Er wankte. Sein Gesicht war rot, knallrot, und er schwitzte, der Schweiß rann in feinen Strömen aus seinen zottigen Haaren.

»Was ist denn das für ein Rotwein? Kalifornisch oder was? Ich vertrag nämlich keine Kalifornier!«

»Sie sind ganz rot! Setzen Sie sich hin!«

»Das sind diese Tannine.«

Fred schleppte sich zu einem Ladenschrank und holte ein Blutdruckmessgerät heraus.

»Das ist ein Südfranzose aus biologisch-dynamischem Anbau«, sagte Susanne. »Nicht bewegen beim Messen!« Sie wusste, wie man korrekt den Blutdruck misst, sie hatte es bei ihren spärlichen Besuchen bei ihrem Vater zur Genüge geübt. Ein Pfeifsignal ertönte. »Sehen Sie, Error!«, schimpfte Susanne.

Fred begann mit einer neuen Messung. Susanne stand auf, um das kleine Display zu sehen. »Das kann nicht stimmen. Winkeln Sie den Arm an!«

Fred wiederholte den Vorgang. Beide starrten auf das Display.

Fred stöhnte: »180 Blutdruck, das hatte ich schon. Aber 195 Puls!«

Susannes Unruhe steigerte sich zu einer leichten Panik. Hektisch nahm sie Freds Arm und hielt ihre Finger an sein Handgelenk.

»Ihr Herz rast!«

»Ich weiß!«

Fred stand auf, er torkelte Richtung Sofa, ließ sich stöhnend darauf nieder.

»Das wird wieder ... Bitte gehen Sie jetzt ...«, brachte er gerade noch heraus.

Susanne hatte ihr Telefon aus der Tasche geholt. »Fred! Atmen Sie! Atmen Sie weiter! Ich rufe jetzt den Notarzt.«

24. Juni

Zu dritt standen sie um das Bett des Patienten Firneis, Alfred: eine ältere Ärztin, eine junge Ärztin und ein Arzt. Lag es am Mundschutz, dass ihre Blicke so finster wirkten? Mit einem Mundschutz sehen Menschen selten freundlich aus, das verbindet Bankräuber, Western-Bösewichte und Ärzte.

Die Ärzte starrten auf verschiedene Monitore, die über Freds Kopf zu schweben schienen und äußerst unharmonische Linien zeigten. Hektisch und unrhythmisch piepste dazu der Ton, der die Herzfrequenz wiedergab. Der Arzt kontrollierte die Elektroden an Alfreds Armen. Er sah auf seine Uhr. Es war fünf Minuten nach Mitternacht.

Die Ärztinnen sahen einander an. Das Piepsen klang plötzlich wie ein Kreischen, dann wie das Schreien einer Auto-Alarmanlage. Mit einem Mal – Stille. Und danach – ein summender Dauerton.

Keine lebendigen Zacken mehr auf den Bildschirmen.
Eine gleichmäßige Linie.

25. Juni

Trotz ihrer langen Berufserfahrung erschrak die ältere Ärztin, als sie das sonnendurchflutete Zimmer betrat. Auf dem Krankenhausbett lag ein Körper. Und auf dem Körper lag ein Leintuch, das auch Gesicht und Kopf bedeckte.

Mit drei schnellen Schritten erreichte die Ärztin das Bett und riss das Leintuch von dem Körper. Fred Firneis setzte sich mit einem Ruck auf.

»Sie erschrecken mich zu Tode«, rief er aus.

»Und was glaubt er, was er macht?«, antwortete die Ärztin, die freundliche Augen und einen ausgeprägten Berliner Dialekt hatte. »Spielt Leiche, was?«

»Es war so grell, ich konnte nicht schlafen.«

»Fühlen Sie sich müde? Erschöpft?«, fragte die Ärztin.

»Nach diesem Belastungs-EKG wären Sie auch erschöpft!«

Die Ärztin lachte. Sie setzte sich auf einen Stuhl neben Freds Krankenbett und sah ihn an. Fred mochte sie auf Anhieb. Ihr Zigarettenatem und ihr braungebranntes Gesicht mit den markanten Falten beruhigten ihn. Deshalb traute er sich, die alles entscheidende Frage zu stellen: »Wie lange habe ich noch zu leben?«

»Ja, deswegen bin ich gekommen«, sagte die Ärztin.

Fred spürte regelrecht, wie er erblasste. Er legte sich wieder hin.

»Sie werden heute Nachmittag entlassen«, sagte die Ärztin.

»Ich bin unheilbar? Sie geben mich auf?«

»Herr Firneis: Sie sind vollkommen gesund! Auch wenn Sie letzte Nacht kurz tot waren.«

»Was?«

»Wie haben Sie das erlebt? Manche Patienten beschreiben die Erfahrung als sehr unangenehm.«

»Ich hab gar nichts gespürt! Ich war tot?!«

»Wir terminieren Tachykardien wie die Ihre mit Adenosin, wenn es indiziert ist.«

»Was bedeutet das auf Deutsch?«, wollte Fred wissen.

»Wir haben ein gutes Mittel, um solches Herzrasen zu stoppen. Wir haben Ihnen Adenosin gespritzt, ein Medikament, das zu einem kurzen Herzstillstand führt. Adenosin ist ein todsicheres Mittel, keine Sorge! Die Halbwertszeit beträgt ein paar Sekunden. Dann beginnt das Herz wieder zu schlagen, und zwar in einem normalen Rhythmus. Verstehen Sie? Die Reset-Taste. Das Ganze ist wie ein Neustart. Ihr Puls sank von 220 auf 75, in wenigen Sekunden. Alle anderen Untersuchungen gestern und heute haben Sie ja mitbekommen. Das EKG ist unauffällig, die Ergometrie zeigt keinerlei Hinweis auf eine belastungsinduzierte Minderperfusion, der Sinusrhythmus ist durchgehend, auch unter Belastung keine Endstreckenkinetik. Die Echokardiographie zeigt eine gute systolische Pumpfunktion und keine Klappendysfunktion. Von der Stoffwechselfunktion her besteht eine Euthyreose.«

»Eiterrose«, murmelte Fred erschrocken. »Kann man daran sterben?«

Wieder musste die Ärztin lachen. »Euthyreose bedeutet, dass Ihre Schilddrüse vollkommen normal funktioniert. Herr Firneis, Sie sind gesund.«

»Das hat sich aber nicht so angefühlt.«

»Sollten Sie in nächster Zeit noch mal dieses Herzrasen bekommen: Es ist ungefährlich, machen Sie sich das klar. Es kann Ihnen nichts passieren. Ich geb Ihnen 'nen Tipp – halten Sie Ihren Kopf unter kaltes Wasser, das hilft oft. Und rauchen Sie nicht so viel, Mann!«

»Bekomme ich gar keine Medikamente?«, fragte Fred enttäuscht.

»Ich kann Ihnen ein Rezept für 'nen Betablocker ausstellen, das sorgt mal für Ruhe.« Mit leiser Stimme fügte sie hinzu: »Es gibt Kollegen, die würden Ihnen das Zeug vorsorglich lebenslang verschreiben. Ich rate Ihnen, nehmen Sie die Tabletten eine Woche lang, und dann werfen Sie die Packung weg. Das haben Sie aber nich' von mir!«

»Ich versteh nicht ganz …«

»Ich bin ein Fan von Ihnen, Herr Firneis. Nicht jeder bekommt hier ein Einzelzimmer, wissen Sie? Ich dachte, nach Hölderlin und Klopstock in der Schule würde ich nie wieder Lyrik lesen. Ich … ich liebe Ihre Gedichte. Vor allem die Liebesgedichte!«

»Und deshalb soll ich die Mittel nicht nehmen.«

»Sie sind ein junger Mann …«

Fred setzte sich im Bett auf: »Das hat schon lange niemand mehr zu mir gesagt. Schwester! Champagner für die Dame, bitte!«

»Im Ernst, Herr Firneis. Betablocker haben Nebenwirkungen, was die erektile Funktion betrifft. Das wäre doch schade, nicht?«

Fred zuckte mit den Schultern. Momentan war ihm das egal, aber er brachte es doch nicht übers Herz, das zu sagen.

»Außerdem sind Sie nicht krank«, insistierte die Ärztin.

»Das sagen Sie!«

»Das sagen unsere Geräte …«

»… Aber …«

»Reden Sie mir nicht drein, wenn ich Sie unterbreche! Ich weiß, Ihr persönliches Empfinden mag ein anderes sein als die beschränkte Weisheit unserer Computer. Ich kann Sie allerdings beruhigen, Sie sind hier nicht in irgendeiner Klinik, Sie sind in der Charité.«

»Ich bin wahnsinnig stolz drauf«, ächzte Fred.

»Wenn Sie diese Rhythmusstörungen endgültig loswerden wollen, kann ich Ihnen aus meiner Erfahrung nur drei mögliche Therapien empfehlen: Erstens, eine Psychotherapie.«

»Abgelehnt.«

»Zweitens: Meditation.«

»Das ist noch schlimmer. Meditation treibt mich in den Wahnsinn!«

»Drittens – ziehen Sie sich eine Zeitlang zurück, in die Ruhe. Gehen Sie in die Stille. In eine Berghütte zum Beispiel.«

Fred sprang mit einem Satz auf, lief zum Fenster und drehte sich theatralisch um: »Das ist ein Komplott! Geben Sie es zu, Sie stecken unter einer Decke!« Die Sache mit der Berghütte konnte kein Zufall sein. *Seien Sie in meiner Hütte kreativ* oder so ähnlich hatte Susanne gesagt. Hütte – Berghütte – das war zu viel des Guten!

»Was genau meinen Sie mit Komplott, Herr Firneis?«

»Hütte – Hütte! Das ist das Hüttenkomplott!«

Fred ging zum Schrank und begann, sich hastig anzukleiden.

Die Ärztin schien nun doch ein wenig irritiert: »Ich weiß nicht, wovon Sie reden. Aber gewisse zwanghafte Vorstellungen passen absolut zu Ihrem Störungsbild. Wollen Sie nicht noch zu Mittag essen?«

»Nein, danke.«

»Na dann. Tschüss, Herr Firneis. Auf Wiedersehen sag ich mal lieber nich'.«

In der Tür drehte sich die Ärztin noch einmal um. Sanftmütig sagte sie: »Meine Enkeltochter hat gerade die Schule gewechselt. Sie hatte große Ängste vor der neuen Schule, aber sie hat mir verraten, wie sie diese Ängste in den Griff bekommt: *Oma, immer, wenn ich nicht weiß, was ich tun soll, rede ich mit der kleinen Fee, die in meinem Herzen wohnt. Da bekomme ich eine Antwort.*«

Fred hatte nicht wirklich zugehört und sah die Ärztin ratlos an – gehörte diese Fee auch zum Komplott?

»Denken Sie dran, Herr Firneis«, sagte die Ärztin, ging hinaus und schloss die Tür.

27. Juni

Seit Fred Firneis bei Passau über die Donau gefahren war, regnete es. Das Wasser floss sturzbachartig über die Windschutzscheibe, obwohl der Scheibenwischer auf der höchsten Stufe lief. Immerhin konnte Fred nun fahren, nachdem er auf der Autobahn A9 kurz vor der rettenden Abzweigung bei Hof in einem 25 Kilometer langen Stau gestanden war. Hätte er das gewusst, Fred wäre über Gera oder Chemnitz gefahren, ganz egal, ob das länger dauerte, Hauptsache: fahren.

Fred fuhr langsam, denn auf der Straße stand Wasser, und sein Auto verfügte weder über ABS noch ESP noch all die anderen Dinge, von denen er nicht genau wusste, wozu sie dienten, weil ihn das nicht interessierte. Sich für Technik und Autos zu begeistern, fand er peinlich. Jedenfalls tat er so. Ganz stimmte es ja nicht, denn sein eigenes Auto liebte er geradezu, einen uralten Mercedes, Benzin, Automatik, einer von denen mit senkrechten Scheinwerfern vorne, so alt.

Fred genoss die sagenhafte Heizung, die seine Füße wärmte, und die glatte Geschmeidigkeit der Ledersitze. Als er das sternumkränzte Schild mit der Aufschrift »Republik Österreich« sah, überkamen ihn keinerlei heimatliche Gefühle. Er mochte Österreich, aber er mochte auch seine Wahlheimat Deutschland. Dabei war Fred – wie alle österreichischen Kinder seiner Zeit – sehr antideutsch erzogen worden. Bei ihm zu Hause sagte man statt »Deutscher« prinzipiell »Piefke«. Die Verwendung des Grußes »Tschüss« wurde mit Hausarrest bestraft. Der Piefke galt als laut, geschmacklos und spießig, während der Österreicher sich selbst als charmant, stilvoll und fesch erlebte.

»Tschüss« sagte Fred noch immer nicht gerne, aber gelegentlich gebrauchte er es, um nicht durch ein allzu distanziertes »Auf Wiedersehen« unhöflich zu erscheinen. Ehemalige Tabu-Worte wie »Schorle« musste er einfach verwenden, um nicht zu verdursten. Und im Laufe der Zeit mischten sich ganz schön viele berlinerische und deutsche Redewendungen in sein österreichisches Idiom. Fred hatte seine piefkefeindliche Erziehung erfolgreich überwunden. Bei großen Turnieren beispielsweise hielt er im Fußball zu den Deutschen, wenn die Österreicher ausgeschieden waren.

Er hielt oft zu den Deutschen.

Warum um alles in der Welt hatte er sich tatsächlich auf den Weg zu dieser Hütte gemacht? Es war eine Kurzschlusshandlung gewesen. Wie vieles in seinem Leben. Als Susanne alle Schwüre getan hatte, die Ärztin der Charité-Klinik nicht zu kennen, hatte Fred sich zögernd für den Hüttenplan interessiert. Seit er aus dem Krankenhaus zurück war, fühlte er sich in seiner Wohnung noch weniger wohl als zuvor. Er wollte raus. Instinktiv wusste er, wenn er jetzt in Berlin in seinen eigenen vier Wänden blieb, dann würde alles wieder seinen trostlosen Lauf nehmen, diese seltsame Panik, die Verzweiflung über die Panik, die Hysterie wegen der Verzweiflung. Er musste die Energie nützen, mit der ihn die Diagnose »organisch völlig gesund« aufgeladen hatte, um dem Kerker seiner schlechten Gewohnheiten – saufen, zweifeln, fürchten, verzweifeln – zu entkommen. Er musste raus. Aber irgendwo hin, wo er sich schützen konnte. Wo er allein sein konnte. Er zog in Erwägung, ein Haus am Meer zu mieten. An der Ostsee. Die Sekretärin des Verlags durchsuchte das Internet nach verfügbaren Feriendomizilen. Erwartungsgemäß war es unmöglich, Ende Juni ein erschwingliches Sommerquartier am Meer zu finden.

Susanne Beckmann hatte ihm auf einer Landkarte gezeigt, wo die Hütte stand. Grünbach am Elbsee. Fred hatte von der Gegend schon gehört. Das Elbtal befand sich am Nordrand der Alpen. Es gab den Großen Elbsee, Ursprung des Elbflusses, und dahinter, weiter in den

Bergen, noch den Kleinen Elbsee. An dessen Ufer stand die aus Lärchenholz gebaute Hütte.

»Es ist wirklich sehr idyllisch dort«, hatte Susanne gesagt.

»Es gibt keine Idylle«, hatte Fred geantwortet. »Idylle ist dort, wo man nicht genau genug hinsieht.«

»Sie können mir auch einen Band mit Aphorismen mitbringen«, hatte Susanne gemeint. Um sich gleich darauf zu korrigieren: »Sie müssen gar nichts, Fred. Fühlen Sie sich zu nichts verpflichtet. Genießen Sie einfach die Zeit. Denken Sie nicht ans Schreiben. Machen Sie Urlaub. Atmen Sie mal durch.« Als erfahrene Verlegerin wusste sie: Am besten ist es, bei den Autoren den Druck rauszunehmen. Das ist das Einzige, was sie wirklich unter Druck setzt.

Susanne hatte ihm erklärt, wo er Wasser und Holz finden würde. »Der Schlüssel liegt beim Alois im *Gasthof zur Gams.* Dort, wo die Straße zum Kleinen Elbsee abbiegt. Sagen Sie dem Lois einen schönen Gruß. Viel Spaß! Tschüss!«

Fred spürte die Müdigkeit in seinem Kopf, als er sich den Voralpen näherte. Es schüttete noch immer, und Tempo 80 bot nicht den geringsten Nervenkitzel. Fred blieb nicht gerne stehen. Überhaupt mied er Autobahnraststätten. Die machten ihn immer schwindlig. Im Benz fühlte er sich sicher.

Die Sache mit der Waschanlage hätte er sich angesichts des Wetters vielleicht sparen können. Doch sein seit über einem halben Jahr in einer Nebenstraße abgestelltes Auto war von einer dicken, klebrigen Schmutzschicht überzogen gewesen. Er hatte mit dem Eisschaber ein Guckloch in die Scheibe kratzen müssen, um überhaupt bis zur Waschanlage zu kommen. Dafür war der Wagen sofort angesprungen. Nur ein Mercedes ist ein Mercedes. Ein Werbespruch, der Fred in seiner Schlichtheit so berührte wie eine gute Zeile von Rilke.

Fred hatte für das gewaschene Auto einen Parkplatz direkt vor seinem Haus gefunden. Er war in den kleinen Laden im Erdgeschoss gegangen. Özer hatte sich aufrichtig gefreut. Fred hatte ein paar Vorräte eingekauft: Schafkäse, Brot, Oliven, Tomaten. Halva als Notvorrat, da reichte ein Bissen, um tagelang satt zu sein. Und natürlich Wein. Zwölf Flaschen, das sollte für die ersten Tage genügen. Sonst würde er in dieser seltsamen Hütte nicht viel brauchen. Ein wenig Kleidung, eine Zahnbürste.

Als Fred an den Wein in seinem Kofferraum dachte, fiel ihm der Spruch eines weisen Kollegen ein: »Ein Tag ohne Bier ist wie ein Tag ohne Wein.« Die Aussicht auf ein österreichisches Märzen, womöglich Gösser vom Fass, ließ ihn doch an einer Autobahnraststätte halten. Gebückt, als ob das vor dem Regen schützen würde, lief Fred hinein. Drinnen bekam er augenblicklich Beklemmungen. Hier war alles falsch. Die Gestalter dieses Gastraumes hatten versucht, das idyllische Leben in einem alten Bauerngasthaus nachzustellen. Doch der Holzboden war kein echter Holzboden, sondern ein Plastikboden im Bretterlook. Kastenfenster mit Blumenschmuck waren als Trennwände unmotiviert und gänzlich zweckentfremdet mitten im Raum platziert worden. Der übliche Rustikalmüll wie hölzerne Mistgabeln, Rechen und Wagenräder hing oder stand überall herum. Fred stellte sich an die Theke. Die Kellnerin trug Landhausmode. Also ein Dirndl, das keine

Tracht war, sondern nur so tat. So wie dieses ganze Lokal nur so tat, als ob.

Fred musste sich festhalten. Ihm schwindelte, vom langen Fahren oder von so viel Kitsch. Immerhin, eines passte: Gut, besser, Gösser. Noch so ein Werbespruch, der es in seinem Bauch warm werden ließ. Mit dem goldfarbenen Bier schluckte er eine seiner Tabletten hinunter. Er vertrug die Pillen gut. Die Sache mit dem erektilen Dings interessierte ihn derzeit nicht besonders.

Nach sich selbst gönnte Fred auch seinem Benz einen Schluck. Das war zugegebenermaßen ein kleines Problem, der Verbrauch. Er tankte voll. Auf keinen Fall durfte ihm dort bei dieser Hütte der Sprit ausgehen. Dann wäre er nämlich gefangen, und irgendwo gefangen zu sein, wie im Stau oder in einer Gondelbahn, gehörte neben Theaterbesuchen und Brokkoli zu den schlimmsten Vorstellungen in Freds Horror-Katalog.

Noch auf der Autobahn hatte Fred gedacht, der Regen könne gar nicht mehr zulegen. Nun, da er sich im Elbtal befand und auf die Berge zufuhr, merkte er, dass er sich getäuscht hatte. Wie hieß es im Wetterbericht immer so schön – die Wolken stauen sich an der Alpennordseite. Fred fuhr durch Wolken. Durch eine Wand aus Wasser. Von Bergen nichts zu sehen. Irgendwann, linker Hand, schemenhaft, ein altes Haus, ein sehr altes Haus: *Gasthof zur Gams* stand in Fraktur-Schrift darauf.

Fred parkte seinen Wagen vor der Tür und lief hinein. Die wenigen Meter genügten, um einigermaßen nass zu werden. Hinter der Theke stand niemand. Auch sonst unheimliche Leere, bis auf drei Gestalten in einer Ecke. Über ihrem Tisch baumelte ein rustikales Holzschild mit der Aufschrift »Stammtisch«. Zunächst sah Fred nur Hüte. Dann blickten die drei Männer auf. Ihr Gespräch verstummte nicht, denn sie hatten schon vorher nichts geredet. Aus glasigen, leicht geröteten Augen sahen sie Fred an, als hätten sie gerade den ersten homo sapiens ihres Lebens erblickt.

»Tach«, sagte Fred. Das Wort hallte fremdländisch durch den leeren Raum und Fred überlegte, ein »Grüß Gott« oder »Servus« nachzuwerfen, aber das hätte ihn nur noch mehr als Piefke gebrandmarkt. Alle seine während der Fahrt angestellten Überlegungen zu den geringen Unterschieden zwischen Deutschen und Österreichern verpufften in den Gesichtern dieser Eingeborenen. Das tiefe Österreich lag auf einem anderen Kontinent als Berlin.

»D'Ehre«, murmelte schließlich der Jüngste der Runde, der als einziger einen Gamsbart am Hut trug. Der Gamsbart kontrastierte auf merkwürdige Art mit dem Tattoo auf seinem rechten Unterarm, einer Nixe mit elegant geschwungenem Fischschwanz und Brüsten, die sich voll Neugier der Welt entgegenstreckten. Wie auf ein geheimes Kommando zündeten sich alle drei eine Zigarette an. Österreich ist das einzige Land der Welt, in dem man immer noch überall rauchen kann, dachte Fred, und obwohl er selbst rauchte – und nicht zu knapp –, erfüllte ihn diese Tatsache mit Missmut.

Fred setzte sich an einen Tisch. Auf diesem stand – wie einst in seiner Kindheit – die kulinarische heilige Dreifaltigkeit: Salz (mit Reiskörnern), Pfeffer (jedenfalls ein graues, fein gemahlenes Pulver) sowie eine Flasche Maggi-Würze (mit Geschmacksverstärker).

Die drei Männer sahen ihn immer noch an. Man musste kein Hellseher sein, um ihre Gedanken lesen zu können: *Kenn ich nicht. Hab ich hier im Tal noch nie gesehen. Wird hoffentlich keine Schwierigkeiten machen.*

Aus der Küche kam ein Mann, der eine Lederhose trug und wohl der Wirt war. Er kaute an einem kalten Schnitzel, das er in der Hand hielt. Er schlenderte zu Freds Tisch, sah ihn an und hob auffordernd das Kinn. Fred identifizierte das als lokale Art, »schönen guten Abend, was darf es denn sein« in einer minimalen Geste zu vereinen. Fred riss sich zusammen, er bestellte kein Berliner Pilsner und auch kein »Krügerl«, wie man das in Wien gemacht hätte, sondern »eine Halbe«. »A Hoibe« genau genommen. Das kam aber genau so schlecht an wie »Tach«.

»Ein großes Bier«, fragte der Wirt in poliertem Hochdeutsch nach.

Fred nickte ertappt.

»Und was zum Essen bitte. Etwas ohne Fleisch.«

Der Wirt blieb auf seinem Weg zur Theke abrupt stehen und drehte sich langsam um.

»Ohne Fleisch?«, flüsterte er ungläubig.

Fred nickte, noch ertappter.

Der Wirt zapfte das Bier, stellte es vor Fred auf einen Bierdeckel und sagte, diesmal wirklich bemüht: »Fleischlose Sachen hab i net so vü. Speck mit Ei könnt i machen, oder Hascheeknödel, is fast ohne Fleisch, oder Würschteln hätt i a.«

»Speck mit Ei ohne Speck, geht das?«, fragte Fred.

Der Wirt dachte lange nach. Angestrengt, aber erfolgreich: »A Spiegelei wüllst?«

»Zwei.«

»Zwoa?«

»Ja. Und ein Butterbrot.«

Die drei Männer am Nebentisch tranken aus und erhoben sich.

»D'Ehre«, sagte der Junge mit dem Tattoo und dem Gamsbart, als sie hinausgingen. Fred war nun der einzige Gast. Die Spiegeleier schmeckten gut und so ein Butterbrot – so ein Butterbrot gehörte überhaupt zu den besten Dingen des Lebens. Dazu ein Glas Weißwein und dann noch eins und noch eins – Fred fühlte sich fast wohl.

»Einen schönen Gruß von Frau Beckmann soll ich Ihnen sagen. Es ist wegen dem Schlüssel.«

»Beckmann kenne ich nicht. Welcher Schlüssel?«, brummte der Wirt.

»Susanne Beckmann. Der Schlüssel zu der Hütte am Kleinen Elbsee.«

»Die Susanne! Die Tochter vom Prinz? Ich hab sie ewig nicht gesehen.« Fast erhellte eine Art Lächeln das unrasierte Gesicht des Wirtes.

»Ich bleibe ein paar Tage oben. Firneis mein Name. Fred Firneis. Ich arbeite mit Susanne zusammen.«

Der Wirt begann, in einer Lade zu kramen.

»Schlüssel ... wo hab ich denn den Schlüssel gehabt? I tat ja an deiner ... also an Ihrer Stelle täte ich da jetzt nicht mehr hinauffahren. Es ist fast finster und die Straße ist nicht so gut. Seit Tagen der Regen ... es ist eine Schotterstraße. Und überhaupt. Nix für ungut. Du schaust net aus wie einer, der da oben zurechtkommt. Da ist er ja!«

Er zog einen großen, sehr altmodisch aussehenden

Schlüssel aus einem Briefumschlag und überreichte ihn Fred.

»Hast an Allrad?«

»Nicht direkt. Aber wird schon klappen.«

»Ich hab dich gewarnt. Beim großen Schranken links hinauffahren. Wenn du zum Parkplatz mit den Holzstößen kommst, bist du zu weit. Hier ist der Schlüssel für die Forststraße. Immer schön zusperren.«

»Danke.«

Fred bezahlte und ging durch den Regen zu seinem Auto. Diesmal ohne Hast. Der Wein hatte ihn ruhig gemacht. Und er war froh, der muffigen Gaststube entkommen zu sein. Er startete den Benz. Es dämmerte wirklich schon, was auch am Regen lag, der nicht nachgelassen hatte. Im Lichtkegel seiner Scheinwerfer sah er, wie der Wirt vor der Tür stand und ihm nachsah.

Fred fuhr in den Wald. Nur ein kleines gelbes Schild für Wanderer wies den Weg: »Kleiner Elbsee, 16,4 km«.

Schon nach kurzer Zeit musste Fred wieder aussteigen: Ein Schranken versperrte die Straße. Fred öffnete ihn, fuhr hindurch, schloss dann wieder sorgfältig ab. Es gefiel ihm, einen so exklusiven Zutritt zu diesem Wald zu haben. Hinter sich sperrte er die restliche motorisierte Welt aus. Wäre Fred im Besitz eines Navigationsgerätes gewesen, es hätte ihm an dieser Stelle geraten, so schnell wie möglich zu wenden.

Nach etwa fünf Kilometern führte die Schotterstraße aus dem Wald und folgte einem Wildbach. Schlammigbraune Wassermassen stürzten ins Tal. Nach einer ersten Steigung folgte finsterer Wald, danach eine kleine Hochebene, dann wieder Wald, und dann nichts mehr. Fred erkannte den Holzlagerplatz. Das Ende der Straße. Das Ende der Welt.

Er musste die Abzweigung übersehen haben. Er drehte um und erkannte rechter Hand eine Art Forststraße. Sie war steil und glich abschnittweise einem Bach. Die Hinterreifen seines schweren Autos drehten durch und gruben sich sofort im Schotter ein. Fred ließ den Wagen zurückrollen. Er musste versuchen, die Steigung mit Schwung zu nehmen. Er fuhr so nah wie möglich am Hang, denn links klaffte ein Abgrund, dessen Ende in der Dunkelheit nicht zu erahnen war.

Der Mercedes rumpelte über die Straße, manchmal rutschte ein Rad und drehte durch, doch irgendwo fanden die Reifen immer wieder Halt. Hundert Meter noch, dann war die Steigung geschafft. Von rechts ergoss sich ein Sturzbach auf die Straße, und Fred konnte nicht sehen, ob da noch eine Straße sicheren Boden bot unter dem vielen Wasser. Aber umdrehen konnte er nicht, und diesen Weg im Rückwärtsgang zu fahren kam ebenfalls nicht in Frage. Da muss ich jetzt durch, dachte Fred und gab Gas. Er tauchte in den Bach ein, hörte einen metallischen Schlag auf der Bodenplatte und spürte, wie der Wagen in einen Graben sank. Fred sah nichts mehr. Von den Fenstern rann der Schlamm. Doch die Scheibenwischer schafften es schließlich, ein kleines Sichtfeld freizuschaufeln, und gleichzeitig tauchte der Wagen wieder auf, Phönix aus der Scheiße, dachte Fred und lachte hysterisch auf. Die Steigung war überwunden. Wenige hundert Meter später schwenkte das Licht der Scheinwerfer über eine kleine Holzhütte. Kurz darauf endete die Straße. Fred stieg aus und atmete durch. Dunkelheit umschloss ihn.

Die Holzhütte bestand aus zwei Räumen: Im ersten, deutlich größeren, befanden sich eine Küchenzeile sowie eine altmodische, hübsche Kommode; vorne rechts, im Eck bei den beiden Fenstern, stand ein Holztisch mit einer Eckbank und zwei Stühlen. Im Hintergrund führte eine Tür in einen zweiten, kleinen Raum mit einem winzigen Fenster.

Die Maus, die drei Stunden nach Freds Ankunft nach dem Rechten sah, beschnüffelte den Mann, der auf der Holzpritsche in der Kammer schlief. Neben dem Bett lagen, denkbar unordentlich, Freds Schuhe. Sonst hatte er nichts ausgezogen, wie unter der löchrigen, verfilzten Wolldecke zu erkennen war, mit der er sich notdürftig zugedeckt hatte.

Auf dem Tisch standen eine leere und eine halbleere Weinflasche, ein Glas sowie ein Aschenbecher mit einem merkwürdigen Griff aus Hirschgeweih. Das Glas war umgefallen und rotes Wachs von einer Kerze über den Tisch geflossen. Immerhin, die Käserinden boten für die Maus einen erfreulichen Anblick.

Der Mann atmete schwer und wimmerte im Schlaf. Ein Streifen Mondlicht fiel auf sein Gesicht. Die kleine Maus lief über die Decke, blieb vor Freds Gesicht stehen und beobachtete den Hauch seines Atems, der in dem kalten Licht gut zu sehen war. Die Maus erklomm unerschrocken Freds Gesicht und schnüffelte an seiner Nase. Fred grunzte und drehte sich zur Seite. Die Maus flüchtete.

28. Juni

Als Fred vor die Hütte trat, stand die Sonne bereits hoch über dem Gebirge, das den Talkessel begrenzte. Dem in der Nacht gefallenen Neuschnee auf den Gipfeln konnte man beim Schmelzen regelrecht zusehen. Aus den Wäldern, die sich an den Hang der Berge schmiegten, stiegen Nebelfetzen auf und lösten sich gleich darauf in der klaren, warmen Luft auf. »Schön«, dachte Fred kurz. Doch eigentlich hatte er beschlossen, missmutig zu sein, also schlug er sich mit den flachen Händen den Staub aus der Kleidung und sagte laut: »Scheiße.«

Vor ihm lag der Elbsee, die Wasseroberfläche leicht gekräuselt vom Mittagswind, der von den Bergflanken herabfiel. Am Ufer wogte Schilf. Fred ging auf den Steg, der fast direkt von der Hüttentür etwa zwanzig Meter auf das Wasser hinausführte. Er legte sich bäuchlings auf die Lärchenbretter und spritzte sich das Gesicht ab. Das Wasser fühlte sich weniger kalt an, als er befürchtet hatte.

Fred ging zurück zur Hütte und durchsuchte die Kommode nach Tee, Kaffee, egal, irgendetwas, was ihm beim Erwachen helfen würde. Er hatte nicht nur vergessen, sein Bettzeug mitzunehmen, obwohl Susanne ihm das eingeschärft hatte, sondern auch jegliches Frühstücksgetränk. Vor dem ersten Glas Wein trank er ja doch meistens Kaffee. Fred verspürte schreckliches Heimweh nach Berlin. Dort würde er jetzt einfach eine dieser Alukapseln in seine Espressomaschine werfen, den Knopf drücken und fertig.

Von Alukapseln und Espressomaschinen war er freilich denkbar weit entfernt. In dieser verdammten Hütte gab es nicht einmal Strom. Natürlich hatte Susanne ihn darauf hingewiesen. Er hatte genickt, aber im Grunde nicht verstanden, was das bedeutete: kein elektrischer Strom!

Immerhin, Fred fand ein Glas mit Löskaffee. Das Ablaufdatum lag etwa zehn Jahre zurück, aber was sollte schon schlecht werden an Löskaffee?

Um Wasser zu erwärmen, musste Fred allerdings zunächst den Tischherd in der Hütte befeuern. Und dazu musste er zuerst Holz suchen. Das fand er hinter der Hütte, in rauen Mengen. Er nahm drei Scheite mit. Neben dem Ofen lag Papier zum Unterzünden, ein *Kurier* aus dem Jahr 1985: »Erste Verhaftung im Weinskandal« lautete eine Schlagzeile, und der politische Leitartikel befasste sich mit der Frage: »Wer ist dieser Michail Gorbatschow«?

Der Kommunismus ist tot, dachte Fred, als er das Papier anzündete, dafür ist der Wein besser geworden. Er legte die Holzscheite auf das Papier und schloss die Ofentür. Dann ging er zum Brunnen, füllte einen halb verrosteten Topf mit Wasser und stellte ihn auf die gänzlich verrostete Metallfläche des Herdes. Ungefähr gleichzeitig begann es aus sämtlichen Ritzen des altertümlichen Ofens zu rauchen. Zuerst ein bisschen, dann immer stärker. Fred riss die Fenster auf. Er drehte an allen möglichen Griffen und Hebeln des Herdes, öffnete und schloss Klappen, was die Rauchentwicklung stark zu unterstützen schien. Seine Augen brannten, er bekam keine Luft mehr. Er lief vor die Tür und sah verzagt in die vollends mit dunklen Rauchschwaden gefüllte Hütte.

Fred geriet in Panik. Er war gerade dabei, die Ferienhütte seiner Verlegerin abzubrennen! Er schnappte eine Gießkanne, füllte sie im See an, lief todesmutig in die Hütte und goss den Inhalt der Kanne ohne zu zögern über die glosenden Holzscheite. Es zischte, es rauchte noch einmal, doch die Intervention erwies sich als erfolgreich: Brand aus. Auf dem Holzboden der Hütte schwamm eine schwarzgraue Mischung aus Wasser und Asche. Fred setzte sich an den Tisch und nahm einen tiefen Schluck aus der Weinflasche. Schmeckte überhaupt nicht! Verzweifelt sah er sich um. Schmutz, Staub, Spinnweben, Mäusekot, und jetzt noch die Katastrophe mit dem Fußboden. Diese Hütte war ein Horror, der reinste Horror. Er würde sicher keine weitere Nacht hier verbringen. Und nicht einmal einen Tag. Berlin war zwar weit, aber so weit wieder nicht. Zur Not könnte er irgendwo übernachten. In Passau. In Nürnberg. In Bayreuth. Ja, lieber eine ganze Wagner-Oper in Bayreuth durchstehen, als noch einmal in diesem vergammelten Bett zu liegen. Auch Regensburg war angeblich sehr schön. Verglichen mit dieser vom Wasser und von verschneiten Bergen umschlossenen Gammel-Bude war alles großartig!

Fred brach mithilfe eines Messers einen Brocken Löskaffee aus dem Glas. Den Brocken legte er in eine Tasse und ging damit zum Brunnen. Warum nicht mal kalten Kaffee zum Frühstück? Sein Herzrasen erinnerte ihn daran, seinen Betablocker zu nehmen. Jetzt war es wichtig, klaren Kopf zu behalten, um die Abreise so schnell wie möglich über die Bühne zu bringen.

Fred fühlte sich nahezu euphorisch, als er in seinem Mercedes saß. Er hatte in Rekordzeit den Boden notdürftig geputzt, seine paar Sachen zusammengepackt und die Hütte versperrt. In der *Gams* unten würde er sich einen Espresso genehmigen und noch mal Speck mit Ei ohne Speck. Er würde den Schlüssel zurückgeben und kraft dieser befreienden Tat – endlich! – wieder Teil der menschlichen Zivilisation werden.

Der Benz sah zwar aus wie ein Rallye-Auto nach einer Schlamm-Sonderprüfung, aber bis auf ein kleines metallisches Klingeln in Auspuffnähe schien ihm nichts zu fehlen.

Tschüüüss, rief Fred, um den Ösis noch zusätzlich eins auszuwischen, und dann fuhr er gemächlich über die Schotterstraße. Kurz, nachdem er über die Kuppe in das steile Stück der Straße gefahren war, bremste Fred abrupt ab. Legte in Sekundenschnelle den Rückwärtsgang ein und brachte seinen Wagen und sich in Sicherheit: Da gab es kein Steilstück mehr. Da gab es, genau genommen, keine Straße mehr. Dort, wo gestern der Sturzbach die Straße geflutet hatte, klaffte heute ein breiter Krater. Ein Abgrund, der ihn von den anderen Menschen trennte.

Freds Herz zog sich krampfartig zusammen: Jetzt hatte er die Freiheit verloren. Zumindest das, was er unter Freiheit verstand, nämlich die Möglichkeit zur Flucht. Nun drohten ihm die Gefangenschaft in einer Hütte mit frühmittelalterlicher Ausstattung – und totale Einsamkeit.

Jetzt nur ganz ruhig bleiben und die Nerven nicht verlieren. Fred fuhr im Rückwärtsgang zur Hütte. Er setzte sich auf die Bank neben der Eingangstür, rauchte eine und drehte sein Handy auf. Er musste irgendwie Hilfe rufen. Oder zumindest melden, dass die Straße hier kaputt war. Was heißt kaputt. Weg war sie.

Das Display seines altmodischen Mobiltelefons zeigte keinen Empfang. Keinen einzigen Strich.

Hinter der Hütte führte ein schmaler Trampelpfad in die Höhe. Fred lief den Weg hinauf, zuerst zwischen Büschen, dann unter hohen Bäumen. Er hielt sein Handy panisch vor sich und beobachtete das Display. Kein Empfang. Null. Er lief weiter hinauf. Der Wald lichtete sich ein wenig. Fred hörte ein Rauschen. Er hielt sich das Telefon ans Ohr, in der verzweifelten Hoffnung, es würde etwas zu ihm sagen. Er wählte »Abrufen«, die erste seiner gespeicherten Nummern. Das Handy überlegte lange. Dann schrieb es: Kein Netz.

Fred sah sich um. Vor ihm fiel ein mindestens zwanzig Meter hoher Wasserfall über eine Felskuppe. Hier gab es kein Weiterkommen. »Scheiße«, wimmerte er.

Er lief zurück zur Hütte. Kein Netz. Er lief auf den Steg hinaus. Kein Netz. Er lief in beiden Richtungen am Seeufer entlang. Kein Netz. Er schwitzte heftig und seine Hände zitterten, als er sein Handy nach irgendwelchen rettenden Anwendungen durchsuchte. Das erste Mal in seinem Leben bereute Fred, sich so gar nicht mit diesem Ding auszukennen. Bis jetzt war er immer stolz darauf gewesen, in der Pose des technischen Ignoranten Originalität zu behaupten.

»Das ist nicht originell!«, schmetterte Fred dem See entgegen und fügte »Trottel!!« hinzu, womit er aber nicht den See meinte, sondern sich selbst.

Es gab doch einen internationalen Notruf, den man überall verwenden konnte? Doch wie lautete die Nummer? Plötzlich kam ihm die rettende Idee! Das war's! Er musste nur Susanne anrufen, die würde ihm die Nummer sagen. Die Hoffnung währte sehr kurz, dann erkannte Fred seinen Denkfehler. Er lief in die Hütte, dort hatte er auf einem Krug den Aufkleber der Bergrettung gesehen, das fiel ihm jetzt wieder ein. Hier stand alles! »Förderer der Bergrettung, Notruf 140«.

Fred wählte 140. Die Antwort lautete: kein Netz. Ein paar Enten stoben in Panik auseinander, als Fred lautstark seinen Handybetreiber verfluchte. Gleichzeitig erwachte in Fred die Idee, einen anderen Netzbetreiber zu wählen. Diese Funktion gab es doch irgendwo! Dann würde er einen Notruf absenden können!

In den nächsten Minuten rief Fred sehr oft und sehr laut das Wort »Trottel«. Er verlor viel Zeit damit, sich Klingeltöne anzuhören, und änderte unabsichtlich das Erscheinungsbild seines Displays, bevor er die vielversprechende Zeile »Netzbetreiber auswählen« entdeckte. Er schaffte es, die vorgeschlagenen Netzbetreiber auszuwählen. Doch auch die anderen Netzbetreiber hatten: kein Netz.

Er versuchte dennoch, Susanne anzurufen. Dann 140. 133. 122. 144. Alle Not-Nummern, die er aus seiner Kindheit kannte.

Kein Netz.

Fred stieß einen Schrei aus, dessen Echo ihn selbst beeindruckte. Er schrie gleich noch einmal, erfüllt von einer unversöhnlichen Wut auf das gesamte Universum. Dann warf er sein Handy so weit wie möglich in den See.

Alfred Firneis fühlte sich ein klein wenig leichter.

Er setzte sich auf den Steg und atmete durch. Die Sonne verschwand gerade hinter einem Berg zu seiner Rechten. Als Fred seinen Kopf nach links wandte, sah er die kahlen Felsen des Gebirges im Abendsonnenschein leuchten. Über allen Gipfeln ist Ruh, dachte er, doch die Vöglein schwiegen nicht im Walde. Und auch er dachte nicht daran zu schweigen. Am nächsten Tag würde er sich irgendwie in die Zivilisation durchschlagen. Jetzt war es dafür zu spät. Er zündete sich die letzte Zigarette an und warf die Packung in den See. Im Nachhinein tat es ihm leid, die Packung mit der Zellophanschicht achtlos ins Wasser geworfen zu haben. Jeder Mensch verrottete schneller als Plastik, hatte er mal gelesen. Am schlimmsten war Silikon. Historiker künftiger Zivilisationen werden dereinst staunen, was sie als Grabbeigaben des ausgestorbenen homo sapiens finden würden: glibberige Plastikkugeln.

Fred beobachtete, wie ein Schwarm kleiner Fische von seiner davontreibenden Zigarettenpackung angezogen wurde. Die Fischchen versuchten, das seltsame Ding anzuknabbern, scheiterten aber offensichtlich an der dünnen Verpackungsschicht.

Fred ging in die Hütte und inspizierte den Ofen. Zwar hatte der Sonnenschein die Holzwände angenehm erwärmt, doch in der klaren Luft drohte die Nacht kalt zu werden. Bei aufmerksamer Betrachtung des sehr einfach gebauten Tischherdes bemerkte Fred, dass er in seiner morgendlichen Verstörung die Klappe für den Rauchabzug komplett geschlossen hatte. Er machte das rückgängig, ging hinter die Hütte, hackte sich ein paar Späne zurecht und holte einen Korb voll Holz.

Das Feuer brannte wunderbar an diesem Abend. Fred lauschte dessen Knistern, während er Ziegenkäse, Fladenbrot und Oliven verspeiste und dazu eine Flasche Wein trank.

Nach dem Essen machte er eine schreckliche Entdeckung.

29. Juni

Sehr geehrte Verlegerin,
ich schreibe Ihnen auf einem vergilbten Papierblock, den ich in der Baracke gefunden habe, in welche mich zu verbannen Ihnen aus Gründen, die zu erforschen ich nicht in der Lage bin, gefallen hat. Ich weiß nicht, ob Sie diesen Brief jemals erhalten werden, denn ich weiß nicht, ob ich diesen ungastlichen Ort lebend verlassen werde. Jetzt werden Sie sich wahrscheinlich mit der Ihnen eigenen unbestechlichen Logik fragen, warum ich Ihnen überhaupt schreibe. Die Antwort ist einfach: Schreiben ist meine Art zu denken. Ich kann keinen klaren Gedanken fassen, es sei denn, auf Papier. Wobei ich festhalten will: Schlagen Sie sich die Hoffnung auf Gedichte gleich aus dem Kopf. Was ich hier vorbringe, ist keine Geschichte, sind keine Gedichte, das ist – allenfalls – ein Beschwerdebrief.

Schwere Regenfälle haben die Straße, die zur Hütte führt, weggespült. Mein Handy liegt am Grund des Sees, wo es wahrscheinlich auch keinen Empfang gibt. Ein unpassierbarer Abgrund und 16,4 Kilometer trennen mich von der »Zivilisation«. Ich fühle mich bemüßigt, nein, verpflichtet, das Wort unter Anführungszeichen zu setzen, denn der *Gasthof zur Gams* weist außer fließend Wasser und Strom kein anderes Kennzeichen jener Standards auf, die wir in der freien westlichen Welt unter dem Sammelbegriff »Zivilisation« zu subsumieren übereingekommen sind. Wie auch immer, im *Gasthof zur Gams* könnte ich auf humanoide Wesen treffen, die, wenn auch in einer fremdartig klingenden Sprache, mit mir zu kommunizieren in der Lage wären. Auf Wesen, die mir eventuell sogar ein Telefon zur Verfügung stellen würden, mit dessen Hilfe ich ein Taxi rufen könnte, das mich wieder nach Berlin bringt. Keine Sorge, die Rechnung würde ich Ihnen schicken. Auch jene für die Bergung meines Mercedes Benz 200 Automatik Baujahr 1976 aus akuter Bergnot. Das Fahrzeug befindet sich in einem tadellosen Zustand. Ich habe es heute übrigens geputzt. Ja, geputzt. Sie werden sich vielleicht denken, es passt nicht zu mir, es passt vielleicht überhaupt nicht zu einem Dichter, ein Auto zu putzen. Ich kann Ihnen nur zustimmen. Die Tatsache, dass ich heute mit einem Eimer zwischen See und Auto hin- und hergelaufen bin, um die dicke Schlammkruste vom ansonsten noch makellosen Lack zu waschen, vermittelt Ihnen vielleicht eine Ahnung vom Ausmaß meiner Verzweiflung.

Wenn dieser Brief in Ihre Hände gelangt, liege ich höchstwahrscheinlich zerschmettert auf einem Felsen, die Arme weit ausgebreitet, die Augen starr in die Unendlichkeit gerichtet. Das Blut aus meinem Schädel wird eingetrocknet und schwarz an einem Stein kleben. Möglicherweise werden Tiere meinen Leichnam angeknabbert haben. Es soll niemand sagen, meine Existenz wäre für nichts gut gewesen, nein, aus meiner Hand oder vielmehr mit meiner Hand könnte sich ein Marder den Bauch voll schlagen. Meine Waden hat sich vielleicht ein Fuchs geholt, um seine Jungen zu ernähren, und weiß der Geier, wenn es hier Geier gibt, dann findet man mich vielleicht nie. Ich schreibe ganz bewusst: »mich« und nicht »meine sterblichen Überreste« oder so, denn ich trenne nicht zwischen den Überresten und mir. Es gibt keine Seele und daher auch nichts, was weiterleben kann, es sei denn, als Fuchskacke oder Geierhäufchen, aber ich fürchte, ich schweife ab.

Was mit meiner Leiche geschieht, ist mir egal. Sie können sie gerne dort liegen und verrotten lassen. Für den Fall, dass ich aus irgendeinem Grund überleben sollte und ergo noch zu retten wäre, verrate ich Ihnen aber meinen Plan: Da ich mich in dieser unwirtlichen, ja geradezu feindseligen Gegend nicht auskenne und da in der Baracke keinerlei Kartenmaterial zu finden ist, scheint die einzige sinnvolle Fluchtroute an der ehemaligen Straße entlang zu führen, welche von den Sturzfluten hinfortgetragen wurde. Akkurat dieser Weg führt freilich über grauenhafte Steilwände, Felsklippen, die Hunderte Meter über den Abgründen klaffen. Da ich weder trittsicher noch schwindelfrei bin, wird meine Flucht wahrscheinlich nicht gelingen. Dennoch, ich muss es wagen. Mir bleibt, nach der Entdeckung, die ich gestern machen musste, keine Wahl.

Jetzt werden Sie möglicherweise rätseln, welches Grauen diese Entdeckung bergen könne, ob es ein Wolf sei, der um die Hütte schleicht. Oder ein riesiger Braunbär, der mir mit weit aufgerissenem Maul nachläuft. Oder ein Gespenst. Untote vielleicht, Zombies mit blassen, starren Gesichtern, die nachts aus dem See steigen und mich mit Äxten zerhacken oder mit Messern aufschlitzen wollen. Aber nein. SIE werden erleichtert sein. SIE vielleicht. Mir wären die Zombies lieber als das. Also: Gestern, nachdem ich meinen Ziegenkäse mit Oliven gegessen und dazu ein Glas Wein oder zwei getrunken hatte, spazierte ich (fast frohgemut!) zu meinem mittlerweile wieder in altem Glanz erstrahlenden Benz, um mir aus dem Kofferraum die Stange Zigaretten zu holen, die ich vorsorglich (!) mitgenommen hatte. Und was musste ich entdecken: Da war keine Stange Zigaretten. Ich suchte im Fond, unter den Sitzen, beim Reservereifen, unter jeder Abdeckung – nichts.

Und wissen Sie, liebe Susanne, was das Schlimmste an dieser grauenvollen Entdeckung ist? Dass ich Sie lachen sehe, wenn ich mir vorstelle, wie Sie diese Zeilen lesen. Egal, ob ich nun zerschmettert in einer Schlucht liege oder ganz einfach nur hier verhungert bin – Sie werden zumindest schmunzeln. »Hypochonder und Raucher, das passt nicht zusammen«, haben Sie mir einmal an den Kopf geworfen. Ich finde, es passt sehr wohl zusammen.

Nachdem ich die ganze Hütte durchsucht hatte, jede Lade, jeden versteckten Winkel, auf der verzweifelten Suche nach Tabak, wobei mir an Nennenswertem nur ein Playboy aus den siebziger Jahren des letzten Jahrhunderts in die Hände gefallen war (Ihr Vater, der Schlingel!), in welchem die Models noch Schambehaarung trugen, schwarz und gekräuselt wie Pudelfell, kauerte ich mich in einen Winkel und dachte darüber nach, wer mir diese Stange Zigaretten gestohlen haben könnte. Dabei überkam mich die Erkenntnis: Ich habe die Stange nie gekauft. Ich hatte vorgehabt, sie zu kaufen, so fest vorgehabt, dass ich es offensichtlich in weiterer Folge gar nicht mehr für notwendig erachtet habe, dem Entschluss auch eine Tat folgen zu lassen.

Ich will Ihnen die peinlichen Einzelheiten meiner Verzweiflung ersparen. Nachdem ich gestern Abend die gesamten Weinvorräte für eine ganze Woche ausgetrunken hatte, fand ich zumindest Schlaf. Umso schlimmer die Entzugserscheinungen des heutigen Tages. Nun gut, ich will Ihnen den Tiefpunkt schildern: Nachdem ich zunächst die Kippen aus dem Aschenbecher meines Autos geraucht hatte, rollte ich mir eine Art Zigarre aus Schilf, Lianenfasern und modrigen Blättern. Auch hier will ich Ihnen die Details ersparen. Nachdem ich die Restbestände meines Medikaments eingenommen hatte (ich schlucke Betablocker, von wegen Hypochonder!), fühlte ich mich zu schwach, um den Husarenritt über die Felswand zu wagen, da mich der Schwindel auch ganz ohne Abgrund quälte. Ich habe mit dem Leben abgeschlossen. Doch ich will dem Schicksal morgen eine Chance geben. Ich werde entweder überleben, ins Tal schreiten und mir in der *Gams* ein Bier und eine Schachtel Zigaretten kaufen. Oder ich werde als Nichtraucher sterben.

Mit freundlichen Grüßen
Fred Firneis

30. Juni

ps:
Die Sonne lacht, hat meine Omi immer gesagt.
    Ein guter Tag, um wie ein Mann seinen Weg zu gehen.
    Meine Essensvorräte sind nun aus (Maus).
    Nach einer grauenvollen Nacht hat sich an meinem Entschluss nicht das Geringste geändert. Ich muss es wagen!

pps:
Bin noch einmal zurückgekehrt. Wichtige Anmerkungen:
1) Meinen Mercedes soll mein Freund Benno R. bekommen, ob er ihn will oder nicht.
2) Keine Nachrufe auf Facebook, unter Klagsdrohung!
3) Ich verpflichte Sie, zur Buße für Ihre Untaten in memoriam Fred Firneis eine Gesamtausgabe meiner Werke zu drucken.
4) Gerd T. von der *Neuen Presse* darf kein Rezensionsexemplar bekommen.
5) Sagen Sie Charlotte, dass ich sie immer noch liebe.
6) In meinem Gedicht »Lorbeervorhangfalte« muss es in Zeile drei heißen: »liegt in seinem Blut« statt »liebt nur seine Brut«. Das ist stärker. Das soll in der Neuauflage berücksichtigt werden.

Dies ist mein letzter Wille.
Alfred Firneis

ppps:
Bin noch einmal zurückgekehrt. Sagen Sie Charlotte nichts.
Es stimmt nicht, dass ich sie immer noch liebe.
Ich habe sie vielleicht nie geliebt.

pppps: Letzteres brauchen Sie ihr aber nicht zu sagen.

Wenig später kauerte Fred auf einem schmalen Vorsprung in einer Felswand. Unter ihm klaffte eine Schlucht, zwar nicht Hunderte Meter tief, aber tief genug, um bei einem Sturz zumindest ernsthaft verletzt zu werden. Fred sah sich ängstlich um. Er versuchte, auf einen Stein nach links auszuweichen. Der Stein brach aus der Wand und stürzte in die Tiefe.

Fred hielt sich an einer kleinen Föhre fest, die auf dem Felsvorsprung wuchs. Die ist mutig, dachte Fred, ich werde es auch schaffen! Er sah nach oben. Versuchte, wieder auf den schmalen Pfad hinaufzuklettern, von dem er zuvor abgestiegen war. Die Föhre bog sich gefährlich. Fred tastete verzweifelt nach einem Halt auf der rettenden Ebene über ihm. Seine suchende Hand fühlte Tannenreisig, Steinchen, und dann fand sie plötzlich eine Wurzel, die als Haltegriff dienen konnte.

Freds Hand zitterte vor Anstrengung, er sah die Adern aus seinem Arm heraustreten, doch er schaffte es nicht, sich nach oben zu ziehen, denn plötzlich gab die Wurzel nach, er spürte, wie sie sich vom Boden löste, und er konnte es unmöglich riskieren, sein ganzes Gewicht daran zu hängen. Fred schwitzte vor Anstrengung und Angst. Als er sich wieder auf den winzigen Vorsprung zurückfallen ließ, brachen einige Steine heraus und fielen in die Tiefe.

Fred klammerte sich an der Föhre fest. Er sah nach rechts, nach links. Nur nicht nach unten sehen! Was für ein Scheiß-Brief, dachte er. Immer so kokett und ironisch, und jetzt bin ich gleich wirklich hin! Verzweifelt kauerte er auf dem Vorsprung, und noch nie zuvor in seinem Leben war ihm so klar geworden, dass er noch nicht sterben wollte. Ich muss hier weg! Ich muss es schaffen! Er fasste noch einmal die Wurzel auf dem Pfad über ihm, zog sich kurz daran hoch, erwischte mit der anderen Hand eine andere Wurzel, an der er sich festkrallte. Plötzlich hörte er einen Krach, seine Beine schlugen ins Leere – sein Felsvorsprung war mitsamt der kleinen Föhre aus der Wand gebrochen und in die Tiefe gestürzt.

Fred Firneis gab nun kleine Entsetzenslaute von sich. Er konnte nichts mehr denken, sich nur weiter an die Wurzel klammern, doch er spürte genau, wie er Zentimeter um Zentimeter tiefer sank, die Wurzel gab nach, gleich würde sie ihre Verbindung mit der Erde verlieren, unmöglich konnte sie dem Gewicht seines Körpers standhalten und dann – nahm eine himmlische Macht Besitz von Fred. Ein Engel kam, packte ihn mit starker Hand, hob ihn, er schien zu fliegen, ist das schon der Himmel, bin ich schon tot? Ja, tot, schwebend, auf einer Wolke schwebend, adieu, adieu ...

Nun küsste ihn der Engel.

Den Kuss eines Engels hatte sich Fred eigentlich ein bisschen himmlischer vorgestellt. Es handelte sich genau genommen um einen ziemlich heftigen Zungenkuss quer über sein Gesicht, nicht besonders zaghaft und sehr feucht.

Als Fred die Augen öffnete, sah er einen schwarzen Hund über sich stehen. Aha, der Totenhund, wie heißt er gleich, Cerberus, der Wächter der Anderswelt. Hinter dem Hund stand ein Hüne, Charon wohl, der Lenker des Totenkahns, der ihn nun über den Styx führen würde, in das dunkle Reich des Hades. Fährmann, Charon, hier liege ich ...

»Ich bin der August«, sagte Charon.

Fred schaute auf. August, der Führer ins Totenreich? August schien ziemlich jung für diese Aufgabe. Und bildeten eine kurze Lederhose, feste Bergschuhe und aufgekrempelte Hemdsärmel wirklich das passende Outfit für die letzte Überfahrt? Das Fernglas, das um Augusts breiten Hals baumelte, konnte nützlich sein, um das andere Ufer, jenes des Totenreichs, zu erspähen – aber wozu der Hut mit dem Gamsbart?

Auf dem Unterarm des Mannes sah Fred ein Tattoo – eine Nixe mit elegantem Fischschwanz und strammen Brüsten. Fred ließ sich zurückfallen.

Der junge Mann aus dem *Gasthof zur Gams* hatte ihn gerettet.

Fred sagte nichts. Er keuchte nur.

»Spinner«, sagte August.

Bald darauf saßen Fred und August auf der Holzbank vor der Hütte am See. Auf die dunkle Holzwand hinter ihnen zauberte die Wasseroberfläche flirrende Lichtspiele. August blickte still und zufrieden auf den See. Freds Hemd war zerrissen, sein Gesicht schmutzig, doch er fühlte sich großartig.

August holte ein Päckchen Tabak sowie Papers aus seiner Hemdtasche und drehte sich eine Zigarette. Er legte den Tabak auf den Tisch vor Fred.

»Wüst oane raka?«, fragte August.

»Du sprichst doch auch Deutsch?«

»Willst du oder nicht?«

»Ich rauche nicht«, sagte Fred.

August zündete sich die Zigarette an und zog den Rauch genüsslich ein.

»Schau, eine Ringelnatter.« August zeigte auf den See. Die Schlange zog mühelos-geschmeidige Spuren auf der Wasseroberfläche und bewegte sich schnell voran.

»Die Kaulquappen verwandeln sich gerade in Frösche und gehen an Land. Der Tisch für die Schlangen ist festlich gedeckt«, erklärte er.

»Du kannst ja richtig schön sprechen«, bemerkte Fred.

»Wenn es sein muss«, gab August zurück.

Fred und August sahen der Schlange nach, die am anderen Ufer landete und unter einem Busch verschwand.

»Du kennst dich aus, mit Tieren?«, fragte Fred.

»Wäre blöd, wenn's anders wär.«

»Warum?«

»Als Revierförster.«

»Revierförster stell ich mir anders vor.«

»Mit weißem Rauschebart?«, lachte August.

»Jedenfalls ohne Tattoo.«

Augusts Handy läutete. Er führte ein kurzes Gespräch, in dem es um den Zustand der Straßen und Wege ging.

»Warum funktioniert dein Handy?«, fragte Fred, fast empört. August hielt nicht ohne Stolz sein Telefon in die Höhe: »Dieses geht sogar hier am See. Aber auch nicht immer.«

»Ein Förster mit Tattoo und Smartphone«, stellte Fred fest.

»Eine halbe Stunde hab ich dir schon zugeschaut. Von unten, mit dem Fernglas. Zuerst hab ich geglaubt, du bist ein Wildschütz. Aber für einen Wilderer bist du zu tollpatschig. Weißt du eigentlich, dass du so gut wie tot warst?«, fragte August.

»Darf ich mir doch eine drehen?«, fragte Fred zurück.

»Ich habe geglaubt, du rauchst nicht.«

»Ich würde gerne anfangen.«

»Dafür ist es nie zu spät.«

August schob Fred den Tabak hinüber. Fred drehte sich geübt eine Zigarette. Wartete einen Augenblick. Zündete sie an, nahm einen Zug und sah die Zigarette an, als wäre es seine erste. August ließ einen lauten Pfiff erschallen. Aisha, seine schwarze Labradorhündin, lief vom See zur Hütte hinauf. Sie sprang zwischen den beiden Männern auf die Bank und setzte sich hechelnd. Ein Bild des Glücks.

1. Juli

Liebe Susanne!
Zunächst einmal: Ich lebe. Sie werden jetzt wahrscheinlich denken: Typisch Fred Firneis – nicht einmal sterben kann er anständig. Ich kann Ihnen nur recht geben. Und ich sage Ihnen noch etwas: Ich bin froh darüber. Ja. Ich bin froh darüber, dass ich noch lebe.

Diese Aussage wird Sie wahrscheinlich in Anbetracht des eher trostlosen Bildes, das ich in den letzten Monaten abgegeben habe, verwundern. Aber angesichts des Todes, des ganz realen, echten Todes, in einer Felswand, deren Brüchigkeit selbst die übelsten Berliner Plattenbauten in den Rang von Marmorpalästen erhebt, und nach meiner Rettung durch einen mir vom Himmel gesandten Förster mit den Kräften eines Herkules, habe ich umgedacht. Nein, umge*dacht* ist falsch. Ich habe umge*fühlt*. Das erste Mal seit Wochen, vielleicht seit Jahren verspürte ich in meinem Herzen so etwas wie Freude und Dankbarkeit. Dankbarkeit, auf der Welt zu sein. Und noch dazu an einem so schönen Platz wie hier.

Ich habe August dennoch meinen gestrigen Brief an Sie mitgegeben. Vielleicht können Sie dann besser verstehen, welche Wandlung in mir vorgegangen ist. August ist übrigens der an Herkules gemahnende Förster. Ich bin ein wenig durcheinander. Sie dürfen sich August nicht wie den Alpöhi oder so vorstellen. Er ist jung, und statt einem Bart im Gesicht trägt er eine Tätowierung auf dem Arm, mit einer äußerst gelungenen Nixe, ein Fabelwesen, zu dem er sich seit frühesten Kindheitstagen in unerklärlicher Weise hingezogen fühlt. Er ist freilich, wie es den Menschen in dieser abgelegenen Gegend eigen zu sein scheint, ein wenig grobschlächtig. Dafür aber abgefuckter als so manche Großstadttype aus dem Berliner Untergrund. Dieser Hüne hat doch tatsächlich an einem sonnigen Plätzchen im Hang hinter der Hütte eine Hanfplantage angelegt! Schon jetzt hängen fette Blütendolden an den Pflanzen und verströmen einen betörenden Duft.

Ich sehe Sie jetzt förmlich vor mir, höre, wie Sie höhnisch auflachen, na klar, jetzt ist er bekifft, der Herr Firneis, aber darum geht es gar nicht. Ich rühre die Pflanzen nicht an, es sind ja nur ein paar wenige, und noch warten sie, um zur Vollendung hin zu drängen, auf ein paar südlichere Tage.

Aber gut, ich gestehe, August und ich haben gestern im Abendsonnenschein vor der Hütte noch ein klein wenig von seinen höchst aromatischen »Elbtaler Gewürzkräutern«, wie er zu sagen pflegt, gekostet. Danach haben wir sehr großen Hunger bekommen und eine ganze Seite Speck sowie ein halbes Brot vertilgt, Vorräte, die August zum Glück stets in seinem Rucksack parat hält. Und wieder sehe ich Sie schmunzeln – oh, der Herr Vegetarier isst Speck, musste er danach nicht vielleicht weinen? Aber diesen Speck, liebe Susanne, hat August selbst gemacht, mit Rosmarin und Knoblauch gewürzt und wochenlang geräuchert, und zusammen mit dem frischen, dunklen Brot schmeckte das einfach himmlisch! Den Vogelbeerschnaps hätte ich gar nicht mehr gebraucht, um glücklich zu sein, aber natürlich wollte ich nicht unhöflich sein und habe Augusts Angebot angenommen, mir die Flasche dazulassen. Ihn zu seinem Auto zu begleiten war ich nach unserem kleinen Imbiss zugegebenermaßen nicht mehr in der Lage. Außerdem – und das erstaunt mich heute fast selbst – wollte ich gar nicht mitgehen, sondern hier in der Hütte bleiben.

Als August sich verabschiedet hatte, stand ich auf dem Steg. Vom Berg her wehte ein warmer Wind, und der Mond spiegelte sich in der gekräuselten Wasseroberfläche des Elbsees. Ich stand da, und wie aus dem Nichts kamen die schrecklichen Augenblicke in der Felswand wieder in mir hoch, und plötzlich wurde mein Brustkorb durchgeschüttelt. Als ob jemand drinnen säße und wild gegen die Rippen klopfte. Ich begann heftig am ganzen Körper zu zittern. Ich schluchzte, ich heulte, die Tränen spritzten buchstäblich aus meinen Augen. Als es vorbei war, holte ich ganz tief Luft. Als ich diesen Atemzug machte, der meinen ganzen Brustkorb auszufüllen schien, den ich als Wärme in den Füßen und als Klarheit im Kopf spürte, fiel mir plötzlich auf: Ich hatte in den letzten Jahren das Atmen verlernt.

Liebe Susanne! Es ist so wunderbar, das Atmen wieder entdeckt zu haben! Das wollte ich Ihnen sagen.

Das Wetter heute ist nicht so schön. Wolken schweben träge über den Himmel, in regenschwangerer Luft. August hat versprochen, heute vorbeizukommen. Er hat gemeint, er bringt mich ins Dorf, damit ich Vorräte einkaufen kann. Wer weiß, vielleicht nütze ich die Gelegenheit, um abzureisen. Den Mercedes muss ich ohnehin hier zurücklassen, bis die Straße wieder gebaut ist. Das kann drei Tage, aber auch ein paar Wochen dauern, hat August gemeint. Es gibt wichtigere Straßen in diesem Land.

Wie auch immer – selbst wenn ich morgen fahre, die Reise war nicht vergebens, denn ich atme wieder. Ich danke Ihnen von Herzen dafür.

Ihr Fred Firneis

PS: Ich habe überlegt, warum ich Ihnen schreibe. Das ist doch eigentlich bizarr, nicht? Wir sagen »Sie« zueinander, aber die vielen Menschen, mit denen ich per »Du« bin, sind mir in den letzten Jahren abhandengekommen. Natürlich habe ich Freunde, Freundinnen, das wissen Sie ja. Aber nach dem Erfolg der beiden Bücher haben die alle so einen Supertypen in mir gesehen, sensibel, geistreich, weltgewandt, und diese Sicht auf mich hat sich verwandelt in ein Bild von mir selbst. Ein Supertyp hat keine Probleme. Ein Erfolgsmensch erzählt nicht bei einem kleinen Bier von seinen Sorgen und Nöten. Ein Bestsellerautor mit Ängsten – das wäre doch lächerlich! Lächerlich zum Beispiel die Angst, nichts Gutes mehr schreiben zu können. Mit dem nächsten Buch die totale Pleite einzufahren. Ausgeschrieben zu sein für immer. Ich habe es mir eine Zeitlang sehr bequem in dem Glauben eingerichtet, tatsächlich keine Sorgen, keinen Groll, keine

Ängste zu haben. Bis ich in dem Glauben vertrocknet oder verhungert bin. Und dann konnte ich auch nicht mehr schreiben! Aber da war es zu spät, aus eigener Kraft wieder rauszukommen. Da draußen gab es für mich keinen mehr. Den Schönwetterfreunden will man keine trüben Gedanken aufbürden. Selbst Charlotte wollte ich keine trüben Gedanken aufbürden. Aber andere als trübe hatte ich nicht. Als sie ging, fühlte ich mich einerseits erleichtert, weil ich ihr mich nicht mehr zumuten musste. Andererseits fiel das Verlassensein über mich wie eine Decke aus Blei.

Liebe Susanne, Sie als Freundin zu bezeichnen, kommt mir vermessen vor. Aber Sie haben mich nicht vergessen. Und Sie haben auch keine Angst vor den dunklen Seiten des Lebens. Weniger jedenfalls als die meisten Menschen, die ich kenne, mich eingeschlossen. Sie wissen um die Distanz, die ich zu allen hege, auch oder vor allem zu mir selbst. Das hat sicher auch mit meiner Vergangenheit zu tun, mein Vater und so, Sie kennen das ja. Ich lebe in einem Raumanzug, gefertigt aus Ironie, genäht mit Zynismus, beschichtet mit Fremdheit. Ich komme da nur raus, wenn ich trinke oder wenn ich schreibe. Zuletzt war nur noch das Trinken geblieben.

2. Juli

Liebe Susanne!
August ist nicht gekommen. Es regnet. Ich habe den gestrigen Tag damit verbracht, die Hütte aufzuräumen und gründlich zu putzen. Es ist ein Jammer, dass wir

Großstadtmenschen das Vergnügen des Putzens den sogenannten Reinigungskräften überlassen. Es gibt kaum etwas Schöneres als ein großes Reinemachen! Vor allem, wenn man wie ich nichts anderes zu tun weiß und Zeit hat, sich in Details zu verlieren. Etwa Rußflecken aus dem Boden zu bürsten oder jede einzelne Lade auszuräumen, zu waschen, neu zu sortieren. Oder die Metallteile der Spüle so zu polieren, bis man sich darin spiegeln kann. Selbst das Plumpsklo hinter dem Haus wirkt nun geradezu appetitlich. Ich habe zuletzt sogar die Vorhänge gewaschen und feucht gleich wieder aufgehängt. Auch die Wolldecken sind frisch gespült. Sie trocknen hier über dem Herd, in welchem ein gemütliches Feuer vor sich hin knistert. Mit Putzmitteln ist die Hütte Ihres Vaters übrigens recht gut ausgestattet, auch wenn die meisten davon sehr altmodisch wirken. Seit Kindheitstagen habe ich keine Hirsch-Terpentinseife und kein Reinigungssoda mehr gesehen, keine Schmierseife, keine Leinöl-Politur!

Die Hütte erstrahlt förmlich in einem neuen Licht. Die Mäuse haben die Flucht ergriffen. Alles Klein-Ungeziefer sammelte ich in einem Eimer und warf es in den See, wo Schwärme von winzigen Fischen sich gütlich daran taten. Die Hütte gehört jetzt mir. Verstehen Sie mich bitte nicht falsch, die Hütte gehört natürlich Ihnen. Doch putzend habe ich sie mir angeeignet. Sie bereitgemacht für Neues, was immer da nun kommen mag. Und wissen Sie, was das Beste ist: Ich selbst fühle mich gereinigt. Obwohl ich von dem vielen Staub graue Haare und eine belegte Zunge bekommen habe, fühle ich mich befreit vom Chaos und auch von dem ewigen Lärm in meinem Kopf. Die mich umgebenden Dinge sind auf das Wesentliche reduziert.

Das bringt eine ungeahnte Freiheit mit sich, und mir wird erst jetzt bewusst: Wir leben in einer Zeit der materiellen Sicherheiten, die wir allerdings permanent verteidigen müssen. Und das macht uns zu Sklaven.

Je weniger die Dinge um mich werden, umso mehr werde ich. Wir leben doch wahrlich in einer Diktatur der Dinge! Zum Beispiel mit sprechenden Autos, die uns bevormunden. Oder mit Kühlschränken, die uns auspfeifen, wenn wir mal länger überlegen, was wir rausnehmen sollen. Alle Dinge schreien uns den ganzen Tag an! Das Radio: Dreh mich auf und hör dir was an über Finanzkrisen! Die Zeitung: Lies endlich die Mordsgeschichten, die ich dir biete. Der Fernseher: Sieh dir doch die Erdbebenopfer an, live! Der Computer: Ruf ab! Schreib! Twittere! Poste! Der Teppich: Putz mich! Das Zimmerfahrrad: Nutz mich!

Ich habe seit drei Tagen keine Nachrichten mehr gehört. Mir scheint, die Erde steht immer noch. Hier jedenfalls tut sie das, besser denn je.

Wenn ich in Berlin zurück bin, werde ich möglicherweise beginnen, geführte Putz-Meditationen anzubieten. Das scheint mir erstens eine Marktlücke zu sein, und zweitens bin ich überzeugt, damit vielen Menschen helfen zu können.

Um den Bericht zu vervollständigen, möchte ich nicht unerwähnt lassen, dass ich mich selbst einer gründlichen Reinigung unterzogen habe. Da es, wie Sie wissen, im Haus selbst nur ein Waschbecken gibt und keine Dusche, habe ich mich im Regen nackt auf den Steg gestellt, mich mit der Hirsch-Seife abgeschrubbt und, falls Sie es genau wissen wollen, rasiert habe ich mich auch. Der Niederschlag war jedoch nicht stark genug, mich vom Seifenschaum zu befreien, und so bin ich in den See gestiegen, was, wie ich glaube, kein großes ökologisches Problem darstellen kann, besteht doch Hirsch-Seife meines Wissens nach nur aus natürlichen Zutaten. Nächstes Mal, so viel ist klar, gehe ich zur Naturdusche hinauf, zu dem prächtigen Wasserfall oberhalb der Hütte.

Ihr kleines Holzhaus ist mit Putzmitteln deutlich besser ausgerüstet als mit Lebensmitteln. Von Augusts köstlichem Brot war nichts mehr übrig, und so habe ich mir erlaubt, eine halbe Packung Spiralnudeln, Ablaufdatum 11/1989, zu kochen. Der erlesene Jahrgang der Nudeln konnte freilich eine gewisse Fadheit des Geschmacks nicht verbergen. Immerhin, ich bin satt, und das ist ein schönes Gefühl. Ein noch schöneres Gefühl war es, vor dem Essen echten Hunger gehabt zu haben. Ich werde die Nudeln selbstverständlich ersetzen, kann aber nicht versprechen, ob ich 1989er auftreiben kann.

Mit meinen Vorräten ist es jetzt vorbei. Doch das frische Wasser aus dem Brunnen rinnt Tag und Nacht, und ich habe noch etwas Tabak. August ist sehr nett, aber ich frage mich, ob ich ihn je wieder sehen werde. Er hat mir jedenfalls gesagt, wo der Weg liegt, der sicher zur kleinen Straße im Tal führt. Heute regnet es mir aber zu stark, und so werde ich zu Hause bleiben bei meinem lauschigen Feuer. Und auf den See blicken, in dem jede Sekunde tausende Tropfen landen und solcherart die Verbindung von irdischem und himmlischem Wasser vollenden. Ich könnte stundenlang zusehen, wie Wasser sich mit Wasser paart. Was ich jetzt tun werde. Ich danke Ihnen, dass Sie als briefliche Gesprächspartnerin für ein wenig Abwechslung in meinem Leben gesorgt haben. Ich bin mir sicher, dass ich Sie langweile, aber ich kann Ihnen versichern: Mir ist nicht langweilig. Der Stille zu lauschen, das ist das größte Erlebnis, das wir Menschen uns vorstellen können. Glauben Sie mir. Sie müssen das einmal versuchen! Und plötzlich höre ich mich und ich verschwinde. Verstehen Sie?

Schönen Gruß
Fred

3. Juli

Werte Susanne!
Gerade geht die Sonne auf. Ich fühle mich so ausgeschlafen wie zuletzt als Teenager. Mit bescheiden gefülltem Magen und ohne Rausch ins Bett zu gehen ist wirklich großartig. Ich werde jetzt im See schwimmen und dann in den Ort hinunterwandern, weil ich sonst verhungern muss. Hätte ich mir nicht gedacht, dass August mich einfach im Stich lassen würde. Ich fand ihn eigentlich sympathisch.

Mir ist gestern irgendwann doch langweilig geworden, und deshalb habe ich aus der reichhaltigen Hütten-Bibliothek eine der neuesten Zeitschriften gelesen, den *Stern* aus dem Herbst 1977, eine tolle Reportage über die Befreiung der Lufthansa-Maschine *Landshut* in Mogadischu. Dann habe ich wieder auf den See gesehen. Seltsamerweise standen da plötzlich ein paar Worte auf einem Papier. Ist das ein Haiku?

Ein Wasserspiegel.
Tropfenspiele.
Regen, Regen fällt.

Auf Wiedersehen, ich grüße Sie recht herzlich, A.F.

PS: Glauben Sie aber nicht, dass ich wieder schreibe!
PPS: Noch was – ich habe Ihnen von meiner Distanz zu allen Dingen und zu mir selbst geschrieben. Von meiner zwanghaften Ironie, die mir selbst am meisten auf die Nerven gegangen ist. Ich bin jetzt draufgekommen (durch Nachdenken!), dass diese Ironie im Grunde eine raffinierte Art ist, sich selbst über Gebühr ernst zu nehmen. Das heißt, ich nahm meine Sorgen ernst, meinen Pessimismus, meine Ängste und machte mich dann darüber lustig, was aber an Sorgen, Pessimismus, Ängsten nichts änderte. Ich habe den Eindruck, ich nehme mich erst richtig ernst, seit ich mich nicht mehr so ernst nehme.

Fred faltete die verschiedenen Zettel, auf denen er seine Nachrichten an Susanne geschrieben hatte, fein säuberlich zusammen. Kuvert hatte er keines mehr gefunden, das musste er im Ort besorgen.

Fred überlegte, ob er packen sollte, um seine paar Sachen dabeizuhaben, falls er doch Lust bekommen sollte, einen Zug nach Berlin zu nehmen. Aber erstens hatte er mindestens vier Stunden zu gehen, und so eine Abreise musste doch irgendwie geplant werden. Vielleicht gab es ja in Grünbach nicht einmal einen Bahnhof? Vielleicht war der einzige Postbus bereits in der Früh abgefahren? Also wozu den Koffer mitnehmen? Hinter all den Gedanken lag ein anderer versteckt, den sich Fred selbst nicht in solcher Deutlichkeit eingestehen wollte: Er hatte gar keine Lust, nach Berlin zu fahren. Allein bei dem Gedanken daran verspürte Fred Heimweh nach seiner Hütte.

August hatte den Weg wunderbar beschrieben, und Fred fand den kleinen Pfad mühelos. Eigentlich, so dachte er, gehörte einiges an Verwirrtheit dazu, den Weg nicht zu finden, denn er führte ganz selbstverständlich an der Bergflanke entlang in das kleine Tal hinunter. Es dauerte nicht lange, bis Fred auf der »Hauptstraße« angelangt war. Er sah zurück und erkannte die Felswand wieder, die er fast hinabgestürzt war. Heute musste er darüber lachen. Nur ein Irrer konnte auf die Idee kommen, da hinunterklettern zu wollen.

Entschlossenen Schrittes machte sich Fred auf den Weg Richtung Grünbach. Er trug seine normalen Berliner Straßenschuhe, denn andere hatte er nicht mitgenommen, und Wanderschuhe besaß er gar nicht. Doch das war kein Problem: Die Schotterstraße befand sich in tadellosem Zustand. Nur dort, wo sie in Senken nahe dem Bach verlief, konnte man Spuren einer Überschwemmung erkennen.

»Ich gehe in die Stadt«, dachte Fred lächelnd, und er musste sich eingestehen, eine gewisse Feierlichkeit zu verspüren, so wie vielleicht früher die Holzknechte und Sennerinnen, wenn sie sich sonntags auf den Weg ins Dorf machten. Der Gedanke erschreckte ihn kurz – was, wenn Sonntag war und er gar nichts einkaufen konnte? Er versuchte, zu rekonstruieren, was für ein Wochentag war, musste aber erkennen, dass er zwar dank seiner Briefe das Datum kannte, aber das Gefühl für die Zeit verloren hatte. Er kontrollierte die Taschen seiner leichten, sehr urbanen Jacke – ein Tick von ihm. Geld da. Tabak da. Brief da. Handy nicht da.

Natürlich, das Handy lag am Grund des Sees.

Fred ging Richtung Ort, und nebenbei in sich. Er dachte an Charlotte. Das erste Mal, seit sie ihn verlassen hatte, dachte er ohne Bitterkeit an sie. Charlotte hatte recht gehabt, ihn zu verlassen. »Nicht, dass ich sie schlecht behandelt hätte«, sagte Fred leise. »Ich hab sie gar nicht behandelt.«

Fred hatte Charlotte gleich am ersten Abend – um einen Begriff seiner Mutter zu gebrauchen – »entzückend« gefunden. Das allein hätte ihm schon zu denken geben sollen. Wenn er eine Frau mit einem Eigenschaftswort aus dem Repertoire seiner Mutter bedachte, konnte das nichts Gutes bedeuten. Aber entzückend war sie. Ein richtiges Berliner Gör, mit frechem Kurzhaarschnitt, und einer ganz eigenen Kunstsprache. Charlotte hätte zum Beispiel gesagt: »Kuns-sprache«. Sie verschluckte gerne ganze Silben, wie es Betrunkene tun, doch sie tat das mit derselben Gewandtheit und Schnelligkeit, mit welcher sie an anderer Stelle Buchstaben hinzufügte. »Du hast vergess, Weins zu kaufen«. (Ein gutes, allerdings unrealistisches Beispiel.)

Charlotte konnte wunderbar kindisch sein. Ihre Arbeit als Moderatorin bei einem großen Fernsehsender für Kinder passte perfekt zu ihr und machte ihr viel Spaß. Eigentlich hätte er selbst einen Haufen Kinder mit ihr bekommen sollen und dann glücklich sein bis zum Ende seiner Tage, Amen. Fred kickte einen Stein von der Straße.

Er dachte daran, wie er Charlotte kennengelernt hatte, bei einer Vernissage ihres gemeinsamen Freundes Benno. Zufällig hatten sie gemeinsam die Galerie verlassen, ein paar Worte gewechselt, Interesse aneinander gefunden und sich dann noch auf eine Bank an das Ufer der Spree gesetzt. Nun ja, und wenn ein Mann und eine Frau nachts auf einer Bank am Ufer eines Flusses sitzen und ein wenig Sympathie füreinander verspüren, dann muss es schon mit dem Teufel hergehen, wenn sie sich nicht näherkommen. Fred hatte damals eine sehr ausgeprägte Schmuse-Phase. Er mochte die Zärtlichkeit daran fast ebenso sehr wie die Unverbindlichkeit. Manche Frauen machte das rasend, sie wollten mehr, aber die meisten waren glücklich, ebenfalls unverbindlich zu bleiben. Das war Fred am liebsten. Herzensfaulheit? Feigheit? Oder einfach der Wille, unverbindlich und dadurch ungebunden zu bleiben?

Seine wilden Jahre hatte Fred unter dem Motto gelebt: Besser man bereut, was man getan hat, als man bereut, was man nicht getan hat. Mittlerweile wusste er, es gibt nichts zu bereuen, und, besser noch, es gibt nicht mal was zu versäumen. Wir glauben immer, etwas zu versäumen, dachte er, und es zerreißt uns fast wegen der vielen Möglichkeiten, die uns verlocken. Aber man kann nicht in der Möglichkeitsform leben. Wir können nicht überall sein. Wir können nicht das Glück des Nachbarn auch noch haben. Der Gedanke daran, es nicht zu haben, macht uns allerdings verrückt.

Fred war in letzter Zeit immer weniger gern auf Partys gegangen. Das lag unter anderem daran, dass er dort oft auf Frauen traf, mit denen er etwas gehabt hatte. Zumindest ein bisschen was. In jungen Jahren hatte ihn dieser Nervenkitzel noch beflügelt: die verschämten und gleichzeitig schamlosen Blicke, die er den Verflossenen zuwarf und diese zurück (oder umgekehrt); die zaghaften und ebenso flirtiven Gespräche, in denen es auszutesten galt, ob eine Wiederholung denkbar oder erwünscht wäre. Jetzt fand Fred diese zufälligen Begegnungen eher peinlich und anstrengend. Es störte ihn auch zunehmend, den Gedanken nicht loszuwerden, dass von allen Menschen, mit denen du dich vermischst, irgendetwas an dir kleben bleibt. Er wollte weder an alte Vermischungen erinnert noch zu Wiederholungen oder gar zu Neuem verleitet werden.

Charlotte jedenfalls hatte sie gewollt. Die Vermischung. Und gewehrt im Sinne von aktivem Widerstand hatte sich Fred dagegen noch nie.

Plötzlich Bremsgeräusche auf Schotter, Hupen, wegspritzende Steinchen. Ein merkwürdiges Fahrzeug, das Fred wegen des rauschenden Gebirgsbachs überhört und wegen der Kurve nicht gesehen hatte, schlitterte ihm entgegen. Als es zum Stillstand gekommen war, identifizierte Fred das Fahrzeug als alten Puch Haflinger, ein kleines, äußerst wendiges Auto, das ursprünglich für die Armee gebaut worden war und das sich nun unter Jägern großer Beliebtheit erfreute, weil man sich damit praktisch in jedem Gelände fortbewegen konnte. Das abmontierte Stoffdach lag neben einem Haselnussstock und einem Jagdgewehr auf der Ladefläche. Auf dem Beifahrersitz saß Aisha, die Labradorhündin, am Steuer August. Der schien viel weniger erschrocken als Fred.

»He, der Dichter! Servus! Steig ein.«

Fred ging zur Beifahrerseite, Aisha schleckte ihm über das Gesicht.

»Wo warst du?«, fragte Fred streng. Er hatte wohl ein bisschen zu oft an Charlotte gedacht.

»Weg«, antwortete August.

»Hab ich gemerkt. Ich wäre fast verhungert.«

»Du schaust aber gesund aus. Steig ein, ich fahr dich heim.«

»Hast du meine Sachen?«

»Sicher.«

Fred stieg zu. Aisha setzte sich auf den Boden.

»Ich hab mir Sorgen um dich gemacht«, sagte Fred vorwurfsvoll.

August lachte und fuhr los. »Machst du mir jetzt eine Szene?«

»Wo warst du?«

»Bei der Andrea.«

»Ich hab's mir gedacht. Bei einer Sennerin. Oben auf der Alm.«

»Sie ist Büroangestellte. Draußen in der Stadt. Ändert aber nichts an den Umständen: lange Anreise, eigene Welt, viel Schöntun.«

»Was?«

»Schöntun. Du musst der Frau immer vermitteln, sie ist die Einzige, die Wahre, die Beste … die hören das gern!«

»Sehr romantisch«, sagte Fred spitz.

»Man tut, was man kann.«

»Und wo bleibt dann die Liebe?«

»Die Liebe ist immer oder ist nicht.«

»So einfach ist das?«

»Einfacher geht's nicht«, behauptete August.

Dröhnend holperte der Haflinger über die Straße. Fred wurde durchgeschüttelt. Das betraf auch seine Gefühle.

»Bei mir war sie nicht. Die Liebe. Mit Charlotte«, sagte er.

»Charlotte?«

»Kennst du Aikido?«

»Ich kenn beide nicht. Du hattest was mit Charlotte UND Aikido?«

»Aikido ist eine defensive Kampfkunst aus Japan. Man nützt die Kraft des Gegners, um ihn ins Leere laufen zu lassen. Ich habe mit Charlotte Aikido gemacht. Ich ließ sie ins Leere laufen. Zum Beispiel, wenn sie reden wollte. Ich hab einfach geschwiegen. Gar nichts gesagt. Versucht, Schüttelreime aus ihren Vorwürfen zu machen. Wenn ich nichts tue, kann ich es am schnellsten hinter mich bringen. Hab ich gedacht.«

»Und?«

»Ich hab es gründlich hinter mich gebracht. Sie hat mich verlassen. Ist ausgezogen. Nach drei Jahren – einfach weg. Hat mich sitzen lassen in der Wohnung, einfach so.«

»Willst du jetzt Mitleid?«

»Nein. Ich hab's vergeigt. Ich verstehe nur nicht, warum. Ich bin eigentlich ein liebenswerter Mensch.«

»Man muss es sich halt manchmal dazudenken.«

Die beiden waren mittlerweile auf dem Parkplatz am Ende der Straße angekommen.

August stellte den Motor ab, drehte sich eine Zigarette, bot Fred den Tabak an. Fred nahm an. Die beiden rauchten und schwiegen.

»Ich war verletzt. Waidwund! Würde der Förster vielleicht sagen«, sagte Fred.

August blies den Rauch bedächtig aus.

»Es ist, wie es ist«, sagte er.

»Eine tiefe Weisheit!«, spottete Fred.

»Ist so«, beharrte August.

Er startete den Haflinger und fuhr in den Wald, obwohl dort kein Weg zu erkennen war. Auf Freds fragenden Blick meinte er nur: »Halt dich fest, jetzt wird's ein bisschen rustikal.«

4. Juli

Liebe Susanne,
gestern habe ich Jodeln gelernt. Was heißt gelernt: Ich habe angefangen, es zu lernen zu beginnen. Jodeln ist glaube ich das Schönste auf der Welt. Sex muss schon sehr gut sein, um mit Jodeln einigermaßen mithalten zu können. Verzeihen Sie bitte.

Wie konnte das nur passieren, werden Sie sich möglicherweise fragen. Ich werde es Ihnen erzählen: Gestern, als ich mich auf dem Weg in den Ort befand, kam mir August entgegen, in einem kleinen Geländewagen, für den Hindernisse im herkömmlichen Sinn nicht existieren. Wir konnten damit bis zur Hütte fahren, wobei »fahren« ganz sicher kein geeigneter Begriff ist. Der brave Haflinger (so heißt dieses Gefährt) schnaubte und kletterte und überwand Hänge in einer derartigen Schräglage, als würden die Gesetze der Schwerkraft für ihn nicht gelten. Normalerweise hätte ich bei so einem Husarenritt panische Angst gehabt. August lenkte locker mit einer Hand. Die andere brauchte er zum Rauchen. Aber August ist einer jener Menschen, in deren Nähe man sich sicher fühlt. Kennen Sie das, diese Gewissheit: Nichts kann passieren! Zum letzten Mal hatte ich dieses Gefühl als kleiner Junge, als mein Papa noch zu Hause war.

Zur Hütte mussten wir deshalb fahren, weil der gute August mir Lebensmittel für etwa eine Woche gekauft hat, die zu Fuß zur Hütte zu schleppen ziemlich beschwerlich gewesen wäre. August hat übrigens den ersten Brief aufgegeben und wird den nächsten aufgeben und wohl auch diesen hier, denn er hat versprochen wiederzukommen. Sie können mir also jederzeit zurückschreiben, wenn Sie wollen. Und wenn es überhaupt eine Adresse gibt. »Kleine Hütte am Kleinen Elbsee, vorletzter Weg links, Gemeinde Grünbach.« Sie werden ja selbst am besten wissen, wie es geht. Falls Sie mir wirklich schreiben, dann wohl an die *Gams*. Poste restante. Sind das nicht herrliche Wörter: Poste restante. Wörter aus einer anderen Zeit. Hierher, nach Grünbach, passen sie.

Als wir gelandet waren, trugen wir die Vorräte zur Hütte. In jeder Nische, hinter jeder Klappe des Fahrzeugs hatte August irgendetwas verstaut, ein Päckchen Reis, ein Kilo Mehl, einen Bund Karotten. Der Salat hat ein wenig unter Schmieröl gelitten. Meine Hauptnahrungsmittel sind ein zwei Kilogramm schwerer Laib Brot, ein ganzer Laib Käse und eine gewaltige Seite Speck aus Augusts Manufaktur. Das Fleisch, hat mir August erklärt, liegt zwei Wochen in Salz und Kräutern, danach wird es bei niedriger Temperatur weitere zwei Wochen lang geräuchert. Das, liebe Susanne, nenne ich Alchemie, und solcherart kommt das Schwein zum zweiten Mal in den Himmel.

Nachdem wir uns ein wenig gestärkt hatten, sagte August: »Komm, Dichter, ich zeig dir was.« August sagt neuerdings immer »Dichter« zu mir. Solange er nicht »Poet« sagt, soll es mir recht sein.

Wir liefen den Berg hinter der Hütte hinauf. Das scheint Augusts normale Fortbewegungsart im Gebirge zu sein. Je steiler der Berg, desto schneller rennt er. Ich hatte große Mühe, ihm zu folgen, an den Wasserfällen vorbei, durch den Fichtenwald wild bergauf. Im Windschatten seiner Energie surfte ich mit, immer höher hinauf. Die Bäume werden immer kleiner, je höher man steigt, knorrig und verwittert trotzen sie den Winden, die Lärchen und Zirben. In ihren Ästen hängen grünlich-weiße Flechten, die aussehen wie die Barthaare eines Bergriesen, der sie vielleicht, durch die Wälder streifend, hier verloren hat. Die Bäume wichen allmählich den Latschen, die Latschen den Moosen, die Moose den Felsen. Durch einen Hang voll Geröll bahnten wir uns einen Weg bis zum Gipfel, den Sie sich freilich ohne Gipfelkreuz vorstellen müssen, denn Gipfel reiht sich hier an Gipfel, und würde man jeden einzelnen mit einem Kreuz versehen, sähe es aus wie auf einem Friedhof.

Es musste früher Nachmittag sein, die Sonne stand hoch am Himmel, und dennoch brannte sie in dieser Höhe nicht. Frische, fast kühle Luft umspielte uns. Ich erreichte den Gipfel kurz nach August, sah zuerst seine kantigen Waden, seine Lederhose, schließlich den ganzen, prächtigen Menschen, wie er aufrecht über allem stand, während ich leicht gebeugt und vollkommen durchgeschwitzt nach Atem rang. August sagte nichts. Als ich mich ebenfalls aufrichtete, sah ich die ganze Welt vor mir. Oder zumindest die ganzen Alpen. Berge und Täler, Wälder und Felder, Flüsse und Seen, und Gipfel, Gipfel, Gipfel, vom ewigen Eise bedeckt, runde, breite, spitze. Berge! Berge, so weit das Auge reichte, und es reichte weit, so weit, dass ich die Krümmung der Erde wahrzunehmen vermeinte.

August stieß plötzlich einen Juchitzer aus. Verstehen Sie »Juchitzer«? Eine Art Urschrei, Almschrei, Ausdruck der Freude, ein Laut, der den Körper von der Sohle bis über den Kopf hinaus vibrieren lässt, ein Ton, der sich über die ganze Welt ausbreitet, dessen Schwingungen noch im fernen Indien zu vernehmen sind, wenn jemand nur still genug zuhört. Und die Farbe des Juchitzers – die innere Farbe – sie ist erst rot, dann orange, gesprenkelt, ineinander verschwimmend, wie eine herrliche Rose, so fühlt sich das an.

Ju-hu-hu-hu – hu.

Okay, ich gebe zu, aufgeschrieben wirkt es albern.

Mir jedenfalls, mir lief die Gänsehaut über den Rücken, sie hörte gar nicht mehr auf, ein Schauer nach dem anderen ließ mich erzittern.

Entschuldigen Sie bitte, ich werde schwülstig wie einer, der im 19. Jahrhundert lebt. Über meine eigenen Versuche möchte ich den Mantel des Schweigens breiten. »Das kann jeder. Fang einmal an, Dichter. Ju-hu-hu!«, hat August gesagt, aber so leicht war es dann doch nicht. Als ich meine krächzenden Laute aus der Kehle ließ, tauchten plötzlich ein paar Bergdohlen auf, wahrscheinlich, um nachzusehen, ob irgendwo ein verletzter Artgenosse herumlag.

Doch das Juchzen stellte nur die Vorbereitung dar. August wollte mir einen echten Jodler beibringen, den wir zusammen singen konnten. »Wichtig ist mir vor allem die Texttreue, verstanden, Dichter?«, sagte er, um mir dann in größter Ernsthaftigkeit vorzusprechen: »Hul-jo-i-diri-di-ri, hol-la-rai-ho-i-ri«, und ich sprach ihm zunächst nach und dann sang ich ihm nach und am Ende sangen wir zu zweit. Ich musste aufrecht und gleichzeitig locker stehen, das allein ist für mich schon so schwer wie ein doppelter Salto, zumal ich nebenbei noch atmen und die Zunge entspannen sollte. Ich glaube, ich sah so richtig bescheuert aus. Aber es machte Freude, solche Freude, die ersten eigenen Jodeltöne in die Welt zu schicken. Die Wirbelsäule vibriert dabei, hat August erklärt: »Wenn du's hier schwingen spürst, dann ist es recht. Da, genau zwischen den Schulterblättern. Dort, wo bei den Engerln die Flügel angewachsen sind. Der Jodler kommt aus der Mitte. Es ist ein Ruf aus der Tiefe des Herzens.« August zeigte eine unglaubliche Virtuosität darin, die Oberstimme zu singen, eine Terz oder eine Quint höher, wie er mir erklärte, und wenn er mit mir gemeinsam sang, dann klang es auch einigermaßen schön. Eigentlich herzzerreißend schön. »Hul-jo-i-diri-di-ri, hol-la-rai-ho-i-ri!«

Ich will mich nun ein wenig an den See setzen, zu lauschen, ob ich in der Erinnerung noch ein fernes Echo des Tons vernehmen kann. Wissen Sie, wie man hier dazu sagt? »Zulosn«. Hinhören. Ich glaube, das Wort zulassen kommt daher. Zulassen bedeutet nicht, etwas geschlossen zu lassen (einen Sack zum Beispiel), das widerspricht dem Wortsinn. Zulassen kommt von zulosn. Zulauschen. HÖREN.

August kommt zurück, ich werde ihm den Brief mitgeben. Er hatte im Wald zu tun. Er baut eine Wildfütterung für den Winter. Ich freue mich, wenn Sie mir ein paar Zeilen schreiben. Sie wissen ja, wo ich bin.

Ich grüße Sie
Fred

7. Juli

Liebe Susanne,
nach drei Tagen in der Stille und Einsamkeit wäre ich nun um ein Haar bitter geworden, weil Sie mir nie geantwortet haben. Nun weiß ich ja weder, ob August die Briefe aufgegeben hat, noch, ob so etwas wie eine international tätige Post nach wie vor existiert, noch, ob Sie mir überhaupt antworten wollen. Und auch rein theoretisch wäre eine Antwort Ihrerseits wohl zeitlich nicht möglich. So habe ich meinen Anflug von Groll sofort wieder vergessen und will stattdessen den natürlichen Vorgang des Briefeschreibens mit Bleistift auf Papier lobpreisen, welcher sich in dem organisch gewachsenen Rhythmus der postalischen Dienste abspielt. Und wenn Sie einen Brief von mir bekommen oder ich von Ihnen, dann halten wir ja tatsächlich ein Stück des anderen in der Hand. Zunächst einmal inhaltlich, durch die Worte. Dann formal, durch die Auswahl des Papiers, welche bei mir freilich wenig Variation zulässt, und durch das Schriftbild! Man muss kein Graphologe sein, um aus den Schriftzügen

eines anderen eine ganze Menge herauslesen zu können. Außerdem glaube ich, Spuren von DNA oder so kleine Duftpartikel des anderen finden sich auf den Briefen. Wenn es für die Spurensicherung der Polizei wichtig ist, warum sollte es für unsere Verbindung nicht wichtig sein? Nur weil wir die Spuren nicht sehen? Denken Sie an einen der Größten, denken Sie an Matthias Claudius und sein Abendlied – »Seht ihr den Mond dort stehen? Er ist nur halb zu sehen und ist doch rund und schön!«

Mein Gott, liebe Susanne, wie armselig ist doch unsere elektronische Welt geworden! Sie werden sagen, jaja, ist schon gut, schwärme nur weiter, Dichter, und ich gebe zu, ich selbst hätte nie geglaubt, wie fundamental anders das Leben ist – das Leben nach ein paar Tagen ohne Strom, ohne Geräte, ohne Fernseher, Radio, Handy, Computer. Sie kennen das sicher, es ist ja Ihre Hütte! Der ganze Lärm ist plötzlich weg, das permanente Gequatsche, der sich in den Vordergrund drängende Unsinn, mit dem wir unsere Tage einlullen, anfüllen, zumüllen. Wenn das alles verschwindet, ist es plötzlich still! Ich fühle mich in Kontakt. Verstehen Sie? In Kontakt mit allem. Sogar mit mir!!

8. Juli

Die Sonne sinkt hinter den Berg.
Wasser gekräuselt.
Bäume, bewegt von Wind.

9. Juli

Es ist heiß. Wann kommt August wieder?
Ich weiß es nicht.
Sitze am Steg und schaue. Manchmal mit geschlossenen Augen.
War viel schwimmen, unter den Fischen.

11. Juli

Vielleicht hören Sie das als meine Verlegerin nicht gerne, aber ich habe immer mehr folgendes Gefühl: Das, was mich am meisten daran hindert, in der Glückseligkeit des Seins aufzugehen, sind Worte.
Als heute zum Beispiel die Sonne unterging, dachte ich, oh, wie schön das ist, und dann beginne ich, den heutigen Sonnenuntergang mit dem gestrigen zu vergleichen, welcher zauberte mehr Rot auf die Bergspitzen, und dann denke ich, wie wird das Wetter wohl morgen werden, und der Sonnenuntergang morgen, überhaupt, Sonnenuntergänge erinnern mich so an die Zeit mit Sibylle in der Toskana, wäre auch nicht schlecht, wenn Sibylle jetzt hier wäre, oder Anna, und wie war das mit Charlotte … Und ist ein Gedanke weg, kommt schon der nächste. Ein ewiges Rad, an das wir uns selbst schlagen! Ist doch Wahnsinn, womit einen Worte die ganze Zeit quälen! Wir dürfen keine Namen geben. Damit beginnt der Irrweg. Schon mit der Benennung. Es geht nicht um die Benennung, nicht um die Bezeichnung. Nicht einmal um das Bezeichnete!!!

12. Juli

Ich bin. Hier. Ich kann keine Worte mehr verwenden. Ich muss keine Worte mehr verwenden. Das, was ich erlebe, kann ich mit Worten nicht beschreiben. Es ist die vollkommene Präsenz. Oder, als Schriftsteller zu reden: der perfekte Präsens. Ich sehe Wolken, aber ich denke nicht Wolken. Sie sind nicht außerhalb von mir. Sie sind nicht getrennt von mir. Die einzige Wirklichkeit ist mystisch. Diese Erkenntnis stand plötzlich in kristalliner Klarheit vor mir.

August kommt! Er hat einen Brief!

Berlin, am 8. Juli

Lieber Herr Firneis!

Da ich durch einen postalischen Zufall oder wegen der Verzögerung durch das Wochenende Ihre Briefe alle auf einmal erhalten habe, werde ich Ihnen sozusagen gesammelt antworten. Wie Sie wissen, bin ich nicht wahnsinnig systematisch, was ich durch systematisch aussehende Listen zu vertuschen versuche. Ich schreibe Ihnen außerdem mit der Maschine, also dem apple, damit Sie bei der Schrift-Entzifferung nicht dieselbe Mühe haben wie ich.

Also:

1) Ich erkenne Sie nicht wieder.

2) Ich bin froh, dass Sie noch oder wieder leben. Die Gesamtausgabe werde ich dennoch erst in Druck geben, wenn Ihr Gesamtwerk in meinem Verlag den Umfang von drei Bänden überschreitet. Also schicken Sie mir bitte bald den nächsten.

3) Charlotte habe ich natürlich kein Sterbenswört-

chen gesagt. Ich sehe sie auch bloß im Fernsehen, in den Kinder-Nachrichten. Sie hat eine neue Kurzhaarfrisur und sieht sehr sehr niedlich aus.

4) Benno habe ich gestern in der Burger-Bar getroffen. Er zeigte sich bewegt, den Mercedes nach Ihrem Ableben zu bekommen, und wird sich diesbezüglich bei Ihnen melden.

5) Was haben Sie mit August gekostet (geraucht?) und danach solchen Hunger bekommen? »Elbtaler«, das konnte ich lesen, aber was heißt das andere Wort? Gewerkschaften? Gewürzgurken? Gewerbekranke? Glühwürmchen?

6) Fein, dass Ihnen der Speck wieder schmeckt. Moralisch überlegene Menschen sind eine Zumutung, weil sie einen immerzu daran erinnern, dass man besser sein könnte, als man ist, aber leider meistens darauf vergisst.

7) Soll ich Ihnen Betablocker schicken?

8) Die Sache mit dem Putzen finde ich echt klasse. So, wie es in Ihrer Wohnung aussah, hätte ich niemals gedacht, dass Sie so schnell Gefallen daran finden. Wenn Sie kein neues Buch liefern, können Sie gerne bei mir beginnen. Meine Ivanka bekommt zwölf Euro, Sie können mit zehn anfangen.

9) Bitte schicken Sie mir keine Haikus mehr. Bitte schreiben Sie keine Haikus mehr. Ich hasse Haikus. Haikus sind der absolute Ladenhüter. Umsatzkiller. Selbst Harry-Potter-Haikus würden sich nicht verkaufen. Darf ich Sie an dieser Stelle an Ihre eigene Brandrede erinnern? Sie sagten so was Ähnliches wie Haikus wären »weithin überschätzte asiatische Pseudolyrik, die in einer kunstlosen Anhäufung von Gemeinplätzen besteht«.

10) Bitte schreiben Sie auch keine Jodler. Ich kann nicht einschätzen, wie der internationale Markt darauf reagieren würde.

11) Für Ihre Theorien hinsichtlich der Herkunft des Wortes »zulassen« konnte ich in Kluges etymologischem Wörterbuch der deutschen Sprache keine Hinweise auf die Richtigkeit Ihrer offensichtlich laienhaften Ansätze finden. Für die Falschheit freilich auch nicht.

12) In diesen August scheinen Sie ja regelrecht verliebt zu sein. Werden Sie jetzt schwul? Ich habe natürlich nichts dagegen. Auch Shakespeares Sonette richten sich an einen Mann. Ich bin mir sicher, dass es hier in Berlin einen schönen Absatzmarkt für homosexuelle Liebesgedichte gibt. In diesem Sinne: Nur zu! ☺

13) Bitte übertreiben Sie es trotz aller Leidenschaft nicht, vor allem nicht mit den Metaphern. Fred, ein Bild wie »im Windschatten seiner Energie surfte ich mit« ist einfach unzumutbar. Dafür haut Ihnen unsere Lektorin den Duden dreimal auf den Schädel. Eine Energie hat keinen Schatten, und schon gar keinen Windschatten! Und surfen kann man im Wind, aber eben nicht im Windschatten!

14) Schreibe ich nur, weil ich abergläubisch bin. Leben Sie wohl. Und schreiben Sie! Schreiben Sie mir! Schreiben Sie mir Gedichte! Ich spüre, Sie nähern sich einer glänzenden Form an. Es gibt so viele Menschen, die Sie mit Ihren Gedichten glücklich machen können. Denken Sie daran. Man hat als Künstler auch eine Verpflichtung.

15) Schade um die Teigwaren aus dem Wende-Jahr. Hätte ich eine Rechtsabteilung, Sie würden von ihr hö-

ren ☺. Allerdings kann ich Sie beruhigen, ich komme sehr selten in die Hütte.
Ich grüße Sie recht herzlich!
Susanne Beckmann

»Jetzt hörst aber auf«, schimpfte August.
»Ich hab ja nichts gemacht«, sagte Fred.
»Du glaubst, ich merk nichts.«
»Sie ist ja so lieb.«
»Wenn du sie liebst, dann gib ihr keine Speckschwarten.«

Auf dem Tisch vor der Hütte standen zwei Flaschen Bier und Reste einer Jause – Brot, Speck, Käse, Butter. Neben dem Tisch saß ein schwarzer Hund und wartete auf milde Gaben, die Fred in Form von Fettstücken unter den Tisch fallen ließ.

»Muss man das jetzt irgendwie symbolisch verstehen?«, wollte Fred wissen. »Ich meine, kann man das auf Frauen im Allgemeinen auch anwenden?«
»Na sicher, Dichter.«
»Und zwar?«
»Ist ja ganz klar: Wenn du eine liebst, dann gib ihr keine Speckschwarten.«
»Aber was bedeutet das?!«
August klopfte Fred auf die Schulter und lachte: »Dichter! Ist doch Schwachsinn. Warum glaubst du eigentlich alles, was man dir erzählt?«
»Ah eh.«
»Und gehen dir die Frauen nicht ab?«, wollte August wissen.
»Nein!«

»Was ist, und rauchen tust du auch nicht mehr?«

»Rauchen?«, fragte Fred verwundert.

August holte seinen Tabak und seine Papers aus der Brusttasche, legte sie auf den Tisch.

»Ich hab komplett aufs Rauchen vergessen«, rief Fred aus. »Vergessen! Dass es so etwas gibt!«

»Du bist überhaupt ein bisschen wunderlich geworden in den letzten Tagen. Aber ich kenn das. Wenn man länger allein ist, wird man so.«

August zündete sich die soeben gedrehte Zigarette an. Auch Fred drehte sich eine.

»Ist ja herrlich«, sagte er, als er den ersten Zug nahm. »Wie hab ich das vergessen können?«

»Und meine Kräuterplantage hast du auch vergessen.«

»Komplett.«

»Es soll jetzt einige Tage trocken und heiß werden. Du musst manchmal gießen. Bitte vergiss das nicht. Übrigens wird die Straße repariert. In drei, vier Tagen kannst du weg.«

»Ich kann weg?«

»Ja.«

»Nach Berlin?«

»Was fragst du das mich? Wenn du erst in Grünbach unten bist, kannst du überall hin. Von mir aus nach Rom oder nach Honolulu.«

»Ich will nicht nach Berlin.«

»Musst ja nicht. Oder musst du?«

»Muss nicht«, sagte Fred, und dann rauchten sie schweigend weiter.

»Dichter, warum bist du eigentlich hier?«

Fred dachte nach. Warum war er eigentlich hier? Zunächst einmal, weil er es in seiner Wohnung nicht mehr ausgehalten hatte. In seiner Wohnung hatte er es nicht mehr ausgehalten, weil er sich darin wie ein Gefangener gefühlt hatte. Wie ein Gefangener hatte er sich gefühlt, weil er es tatsächlich nicht mehr geschafft hatte hinauszugehen. Das hatte er nicht mehr geschafft, weil an öffentlichen Plätzen Panikattacken über ihn gekommen waren. Die Panikattacken hatte er bekommen, weil er vereinsamt war, und vereinsamt war er endgültig, als Charlotte ihn verlassen hatte. Charlotte hatte ihn verlassen, weil er den Kontakt zu ihr verloren und nicht mehr gesucht hatte. Und warum wollte er den Kontakt zu ihr nicht mehr finden? Spätestens an dieser Stelle fehlten Fred die Antworten. Suchte er insgeheim, was er am meisten fürchtete, nämlich das Verlassensein? Hatte er zu viel gesoffen? War das Saufen ein Symptom oder eine Ursache? Litt er daran, dass er nicht schrieb? Hatte er nicht geschrieben, weil er zu viel gesoffen hatte, oder hatte er zu viel gesoffen, weil er nicht geschrieben hatte? Das alles hatte sich vermischt, zu einem unerträglich lähmenden Gefühl der Ausweglosigkeit, und gleichzeitig war die sonst so hilfreiche Selbstironie in Selbsthass umgeschlagen.

»Ich hatte ein Burnout«, versuchte es Fred mit einem Modewort, und gleichzeitig wurde ihm bewusst, dass er mithilfe dieses Modeworts verhinderte, mit August über seine Gefühle zu sprechen.

»Ein was?«

»Burnout. Ausgebrannt.«

»Ach so, das«, sagte August enttäuscht.

»Haben jetzt alle«, gab Fred zu.

»Wobei ich ja glaube« – und hier machte August eine

lange Nachdenkpause – »ausgebrannt fühlen sich meistens Leute, die für nichts brennen. Wenn man für etwas brennt, hat man Energie ohne Ende.«

»Das sagt sich so leicht.«

»Für etwas Feuer und Flamme sein, das kennst du doch? Dichter! Die Welt riechen und schmecken und spüren, ohne Glasscheibe dazwischen! Brennen!«

»Sicher kenne ich das. Kannte ich das.«

»Na und brennst du dann aus, wenn du Feuer und Flamme bist?«

Jetzt war es Fred, der nachdachte: »Nein. Stimmt.«

»Eben. Es gibt kein Burnout. Es gibt nur ein Noburn. Verstanden?«

»Bei dir ist immer alles so einfach, dass es schon fast ärgerlich ist.«

August lachte.

13. Juli

Ein starkes Erdbeben weckte Fred früh am Morgen. Mit pochendem Herzen und großen Augen lag er in seinem Bett und sah zu, wie das gerahmte Foto an der Holzwand zu Füßen seines Bettes zitterte. Das Schwarzweißbild zeigte Susannes Vater vor dem Rohbau der Hütte, mit nacktem Oberkörper. Über der Schulter trug er lässig eine Axt. Hätte Fred nicht gewusst, dass es sich um eine Axt handelte, er hätte es jetzt nicht erkennen können, weil das Bild vor seinen Augen verschwamm. Aus der Küche hörte er die Tassen in der Kommode klimpern und klappern.

Nachdem das Erdbeben mehrere Minuten lang die Hütte durchgerüttelt hatte, wurde Fred klar, dass die Ursache für die Erschütterung eine andere sein musste. Er sprang auf, zog sich schnell an und ging vor die Tür.

Der Lärm erinnerte ihn an Berlin. Recht schnell wurde ihm klar: Das waren die Maschinen für die Wiederherstellung des Fortswegs. Fred ging das kurze Stück bis zu der Stelle, an der die Straße den Abhang hinuntergerutscht war. Er sah große Baufahrzeuge, die er nicht benennen konnte. Vermutlich alles Bagger. Ausgenommen natürlich die Lastwagen.

Ein Mann kam über einen provisorisch angelegten Schotterweg auf ihn zu. Offensichtlich war er der Bauleiter, denn er arbeitete als einziger nicht.

Er schüttelte Fred die Hand und wollte wissen, ob er der Kauz sei, der in der Hütte des alten Prinz wohne.

Prinz, das war der Mädchenname von Susanne. Beckmann hieß der hauptberufliche Anarchist und Pleitier, den sie auf der Uni kennengelernt und nach einer durchzechten Nacht in Hamburg geheiratet hatte, nur zum Spaß und natürlich, um die Eltern zu ärgern. Als sie nach Berlin gezogen war und den Verlag gegründet hatte, war ihr die Scheidung vernünftig erschienen, sicherheitshalber. Beckmann interessierte sich inzwischen ohnehin nur noch für Männer. Bei der Scheidung samt anschließender Party hatten sie genauso viel Spaß wie bei der Hochzeit. Susanne stammte ursprünglich aus Landshut in Niederbayern. Ihre Mutter war die Tochter eines großen, in der Wahrnehmung des kleinen Mädchens weltberühmten Zwiebackfabrikanten. Susannes Vater, Hellmuth Prinz, ein fleißiger Stuttgarter, hatte in die Industriellenfamilie eingeheiratet. Obwohl man dort lieber einen echten Prinzen gesehen hätte, hatte sich Prinz als ungeheuer geschäftstüchtig erwiesen. Er übernahm die Backwarenfabrik und baute sie aus.

Susanne (das »Susi« hatte sie sich schon als Kind verbeten) und ihr Bruder Hellmuth (genannt Helli oder Hellmuth der Zweite) waren praktisch ohne Vater aufgewachsen. Entweder er war im Büro, oder auf Geschäftsreise, oder in der Hütte. Er hatte damals die gesamte Jagd gepachtet, so etwas findet man in ganz Bayern nicht, hatte er immer gesagt. Geblieben war eine Sammlung makabrer Trophäen an den Wänden des Anwesens in Landshut – und die Hütte.

»Und wie geht's dem Helli? Dem jungen Prinz?«, wollte der Bauleiter von Alfred wissen. Fred erzählte, was er wusste: Dass Susannes Bruder die Firma übernommen hatte, dass er nach einer Krankheit Buddhist geworden war, dass er nun hauptsächlich meditierte und nur mehr nebenbei arbeitete. Also ganz wie der Vater, nur eben Yoga statt Jagd. Leider ginge die Firma nicht mehr sehr gut, was man so höre.

»Eine Tragödie«, befand der Bauleiter. Auch, dass die Hütte so wenig genutzt wurde, obwohl Hellmuth Prinz senior für die Erlaubnis zu deren Errichtung und noch mehr für die Bewilligung des Straßenbaus nach österreichischer Sitte einige Politiker und Beamte bestochen hatte. »Bis hinein ins Ministerium nach Wien«, fügte der Bauleiter anerkennend hinzu. »Und das als Deutscher! Aber ich hab nichts gesagt.« Bis vor kurzem sei alle Jahre wieder die Ministerin aus der Hauptstadt gekommen, um ihr Gamserl oder einen Hirsch zu schießen. Der alte Prinz habe sich rührend um sie gekümmert. Die Ministerin sei ... »Na ja, ich weiß nicht, ob sie sehr gescheit ist ... also wenn man jemanden sieht, der versucht, den Klettverschluss auf seinem Schuh zu einer Masche zu binden, dann ist das die Ministerin. Aber ich hab nichts gesagt.«

Fred wollte gerne wieder zur Hütte zurück, weil ihn das alles gar nicht so sehr interessierte. Aber der gesprächige Mann wurde nicht müde zu beteuern, wie schade es wäre, dass der alte Prinz nun nicht mehr sei. Er habe aber immer noch Freunde, Freunde bis ganz oben, denn anders wäre es gar nicht zu erklären, dass nun mit fünf Maschinen und zwanzig Mann auf Kosten des Wildwasserschutzprogramms eine Straße wieder errichtet würde, die im Prinzip kein Mensch brauche. »Aber ich hab nichts gesagt.«

Bevor der Bauleiter noch öfter nichts sagen würde, verabschiedete sich Fred schnell. »Wir sind noch heute fertig!«, rief ihm der Mann nach, »dann können Sie hier weg. Wenn Sie wollen.« Fred wandte sich um und antwortete: »Ich hab nichts gesagt.«

Als er zur Hütte zurückkehrte, suchte er als Erstes seinen Autoschlüssel. Er musste jetzt wissen, ob der Benz startklar war. Der Motor sprang sofort an. In ein paar Stunden konnte Fred weg.

Er setzte sich auf den Steg. Die Sonne wärmte ihn gnädig. Ruhig lag der See vor ihm. Das Schilf wiegte leise hin und her, auch Fred wiegte sich leise hin und her, Wärme strömte durch sein Herz, und süße Wehmut stieg in ihm auf. Es war hier so schön gewesen!

Plötzlich fiel ihm wieder ein: Er musste ja nicht wegfahren. Er bildete sich gerne irgendwelche Gefühle ein, vor allem schmerzhafte. Warum bloß? Wann hatte er die Trennwand zwischen sich, der Welt und seinen Gefühlen aufgestellt? Damals, als sich der Vater verabschiedet hatte?

Solange er zurückdenken konnte, hatte Fred sich als »Scheidungskind« empfunden.

Während er jene Mitschüler beneidete, deren Väter sich Autos leisten konnten, wurde er von seinen pubertären Kameraden beneidet, weil er keinen Vater hatte, mit dem er streiten musste. Das musste er tatsächlich nicht, denn sein Vater war in Berlin, machte dort irgendwelche Geschäfte mit Kugellagern und kam nur zu Weihnachten in Wien vorbei.

Immerhin zahlte er brav seine Alimente, sodass seine Mutter nur halbtags als Bürokraft bei Fiat arbeiten musste. Sie sprach ausgezeichnet Italienisch, und immer wenn Fred Anlass zu Ärger gab, und das war häufig, sagte sie – »wenn du mir nicht passiert wärst, dann wäre ich jetzt in Rom«. Doch auch als Fred erwachsen war und ohne Eifer und ohne Ziel studierte (Philosophie, Psychologie, Theaterwissenschaft) und ohne Eifer und Ziel jobbte (Zeitungsartikel, Kellner, Gartengehilfe), ging seine Mutter nicht nach Rom, sondern in den Ruhestand, und bald darauf in ein städtisches Rentner-Wohnheim, wo Fred sie zweimal im Jahr besuchte. Öfter wollte er sich nicht anhören, dass sie längst in Rom wäre, wenn er ihr nicht passiert wäre. Immerhin, seine Mutter war für ihn da gewesen, als er sie gebraucht hatte, als Kind. Sein Vater hatte sich entzogen. Erst als der alte Herr erkrankte, kurz nach der Wende, besuchte Fred ihn öfter in Berlin. Ihr Verhältnis erwärmte sich nie bis zur Herzlichkeit, aber zumindest gelang es Fred, den Groll, den er gegen seinen

Vater hegte, zu überwinden. Als sein Vater starb, erbte Fred die riesige Wohnung, die in einem langweiligen Villenviertel im ehemaligen Westen lag. Fred verkaufte sie und kaufte dafür das Apartment in Kreuzberg. Von dem Gewinn konnte er zwei Jahre leben.

Aber das alles war Vergangenheit. Geschichte.

Eine von vielen Milliarden Geschichten, sagte Fred halblaut. Dann zog er sich aus und sprang in den See. Das Wasser umarmte ihn. Er legte sich auf die warmen Lärchenbretter des Stegs und trocknete in der Sonne. Ja, ein paar Tage wollte er noch bleiben.

Später aß er eine Kleinigkeit, und noch später stattete er der Gras-Plantage einen kleinen Besuch ab. In erster Linie, um zu gießen.

14. Juli

Fred erwachte, als die Sonne bereits hoch am Himmel stand. Noch immer leicht benommen von seinem ohnmachtsähnlich tiefen Schlaf wankte er über den Steg und sprang, da er noch nicht nachdenken konnte, ohne zu zögern ins frische Wasser. Augenblicklich erwachte sein Körper, und wenig später auch sein Geist. Er schwamm eine Runde, begrüßte die Enten, das Schilfrohr und die Gipfel des Gebirges, zog sich auf den Steg hinauf und ließ sich von der Sonne trocknen.

Er ging in die Hütte, und als er wenig später mit seinem Kaffee wieder herauskam, erschrak er.

Da trieb eine Frau an der Wasseroberfläche. Sie lag ganz still, das Gesicht unter Wasser. Ihr kastanienbraunes

Haar mäanderte im Wasser, wie die feinen Tentakel einer Seeanemone. Eine Tote, dachte Fred, und Panik machte sich in ihm breit. Warum trieb hier eine Frauenleiche im Wasser?! Freds Herz begann zu rasen, und sein Magen verknotete sich. Vielleicht lebte sie noch? Vielleicht konnte er ihr helfen? Fred wollte gerade ins Wasser springen, als ein Ruck durch den Körper der Frau ging. Prustend richtete sie sich auf. Sie trug eine Taucherbrille und sah lustig aus damit. Sie sah sich um, erblickte Fred und winkte zögernd. In wenigen Schwimmzügen erreichte sie den Steg.

»Das Wazzer ist kalt. Darf ich mich bei Ihnen aufwärmen?«

»Aber gern.« Als Fred diese Frau neben sich auf den Holzbrettern sitzen sah, überkam ihn eine ungemeine Erleichterung, dass sie so lebendig war.

»Ich heize Mara«, sagte sie mit einem charmanten, aber undefinierbaren Akzent, streckte ihm die Hand hin und lächelte.

Ein wenig verwirrt schüttelte Fred Maras Hand. Für ihn war sie gerade auferstanden. Außerdem erinnerte sie ihn an jemanden.

»Ich heiße Fred. Sie können die Luft ganz schön lange anhalten«, sagte Fred. Er hatte beschlossen, die Frau auch zu siezen, um nur ja nicht aufdringlich zu wirken.

»Das gehört zu meiner Arbeit.«

»Sind Sie Taucherin? Oder Artistin?«

»Limnologin.«

»Ist das dieser Tanz?«

Die Frau lachte von Herzen.

»Aber nein, der Tanz geht so« – sie bewegte ihren

Oberkörper geschmeidig hin und her – »und heizt Limbo.«

Mara schien völlig unbefangen und natürlich zu sein, was Fred ein bisschen irritierte, weil er da nicht mithalten konnte.

»Und Sie sind also Limbologin«, sagte er mit etwas belegter Stimme.

»Limnologin«, lachte Mara. »Gewäzzerwizzenschaft. Also, um es genau zu sagen, die Wizzenschaft von allen biologischen Prozezzen, die sich im Ökosystem eines Binnengewäzzers abspielen.«

»Binnengewässers«, versuchte Fred, mehr als Vorschlag denn aus Bezzerwizzerei.

»Genau. Binnengewäzzers«, bestätigte Mara ohne zu zögern. »Ich bin genau genommen Studentin. Fortgeschrittene Studentin. Gehört Ihnen diese Hütte?«

»Ja«, sagte Fred etwas verwirrt. Dann dachte er kurz nach: »Also genau genommen gehört sie mir nicht. Sie gehört meiner Freundin. Also einer Freundin. Genau genommen einer Bekannten. Beruf und so.«

»Klazze.«

»Klazze?«

»Die Hütte ist klazze.«

»Ach so. Ja.«

»Wäre unfazzbar praktisch so eine Hütte für mich. Direkt beim See, perfekt für das Forschen. Mit dem Moped fährt man lange.«

»Ja, klar«, sagte Fred. »Also, kommt immer drauf an, von wo man wegfährt.«

»Ja«, seufzte Mara.

Fred gab sich einen Ruck: »Sie kommen von weit?«

»Von Grünbach.«

»Sie wohnen in Grünbach?«

»Nur jetzt für die Studie. In private Zimmer. Sooo neugierig sind Sie!«

»Tut mir leid.« Nun fiel Fred nicht mehr ein, was er sagen sollte. Er fühlte sich blockiert. Doch die kleine Stille, die zwischen Alfred und Mara entstand, war keineswegs unangenehm. Schließlich stand Mara auf. »Ich habe Durst«, sagte Mara. »Haben Sie vielleicht ein Glas Wazzer?«

»Wazzer? Aber natürlich. Tut mir wirklich leid, dass ich nicht daran gedacht habe. Kommen Sie.«

Fred ging zur Hütte, die Forscherin folgte ihm. Fred deutete auf die Bank vor der Tür. »Bitte, nehmen Sie Platz.«

Er holte zwei Gläser und ging zum Brunnen hinter der Hütte. Als er die Gläser mit dem Wasser gefüllt hatte und zurückkam, las Mara etwas auf einem Blatt Papier. Sie legte es schnell auf den Tisch.

»Tut mir leid. Habe ich unter dem Tisch gefunden.« Fred sah den Zettel an. Es war einer der Papierschnipsel, die er in den letzten Tagen bekritzelt hatte. Fred fürchtete sich ein bisschen, was Mara wohl bereits gelesen hatte. Er beschloss, zur Schadensbegrenzung den Text selbst noch einmal laut vorzutragen. Dabei stotterte er allerdings ein wenig, weil er seine Schrift nicht gut lesen konnte.

»Ich bin Teil dieser Welt. Ich gehe auf in der Welt.«

Weiter unten stand, in noch krakeligerer Schrift: »Ich kann nicht schreiben über das Leben, wie ein Forscher einen Frosch seziert.« Und noch weiter unten und noch krakeliger: »Es geht um ~~Realität~~. Wirklichkeit.«

»Hier ist noch ein Papier«, sagte Mara und reichte es Fred, der mühevoll entzifferte: »Ich hab mich an den Rand gesitzt, und etwas in den Sand geritzt.«

»Schlechtes Deutsch«, bemerkte Mara.

Fred nickte verlegen. Danach entzifferte er noch einen Vierzeiler:

»Vorbei ist der Sommer, reif das Obst.
Du kostest die Frucht, zum Gesunden.
Selbst wenn du zu genießen gelobst
sitzt du da und leckst deine Wunden.«

»Sie dichten!«, rief Mara bewundernd aus.

Fred lächelte gepeinigt: »Nein, nein, ich dichte nicht.«

»Das ist unfazzbar schön!«

»Finde ich nicht.«

Mara stand auf. »Danke für das Wazzer. Wunderbares Wazzer!«

Sie war so anmutig, fand Fred. Und jetzt wusste er plötzlich, an wen sie ihn erinnerte! An die Nixe! An die Nixe, die August auf seinen Arm tätowiert hatte. Fred lächelte versonnen. Eine Nixe ...

Mara winkte. Ja, anmutig, dachte Fred, das ist das richtige Wort. »Wiedersehen«, sagte die Nixe in ihrem süßen Akzent. Sie sammelte ihre Taucherbrille ein, stieg ins Wasser, setzte die Brille auf und schwamm langsam Richtung Talschluss. Fred folgte ihr mit den Augen, bis er sie am Rand der nächsten Bucht aus dem Blick verlor.

Mara wandte sich kein einziges Mal um.

15. Juli

Fred wachte in der Dämmerung auf. Er drehte sich hin und her, doch er konnte nicht mehr einschlafen. Er ging zum Auto, um nachzusehen, wie spät es war. Eine andere Uhr hatte er nicht. Knapp vor halb fünf. Idiotisch eigentlich, dachte Fred. Und wenn es vier gewesen wäre? Oder sechs? Hätte das irgendwas geändert? Die Vögel sangen sehr laut. Fast brüllten sie. Und die Fische schmatzten, schnappten an der Wasseroberfläche nach Insekten. Ihre Mahlzeiten zogen weite Kreise. Im Wald knackte und raschelte es. Da schlichen Tiere durchs Unterholz, Hirsche, Füchse, Bären, wer weiß.

In der köstlichen Schwere der Mittagshitze war es stiller am See.

Fred heizte den Holzherd an, um sich einen Kaffee zu machen. Er genoss die Wärme und die Geborgenheit der Hütte. Um acht hatte die Sonne ihren grandiosen Auftritt hinter den Mauern des Gebirges. Um halb neun hatte Fred bereits den halben See durchschwommen. Vielleicht forschte Mara heute am anderen Ufer? Er sah sie nicht und war im Grunde nicht unglücklich darüber. Sie würde seine Einsamkeit nicht stören.

Gegen elf aß Fred das letzte Stück Brot und das letzte Stück Käse. Von August keine Spur. Auch von Mara nicht. Vielleicht war sie eine Touristin, die ihn auf den Arm genommen hatte. Wie eine Forscherin sah sie ja nicht gerade aus. Andererseits, auch Konrad Lorenz oder Hans Hass sahen in der Badehose nicht wie Forscher aus.

Am Nachmittag beschloss Fred, nach Grünbach zu fahren. Er war ja nun nicht mehr auf Augusts Lieferungen angewiesen. Er wäre auch gar nicht mehr in der Lage gewesen, ihm das Geld für die Einkäufe zu ersetzen. Er brauchte einen Bankomat und ein Geschäft.

Fred packte sein Schnipseltagebuch zusammen, um es Susanne zu schicken. Wenn sie das las, würde sie endlich verstehen, dass er nicht mehr schreiben wollte. Nicht mehr schreiben konnte.

Fred genoss es, in seinem eigenen Auto zu sitzen und hinfahren zu können, wohin er wollte. Er bewunderte, wie solide die Straße in dieser kurzen Zeit wieder aufgebaut worden war. Bei Forststraßen konnte man den Österreichern nichts vormachen.

Grünbach wirkte ganz anders als an dem Tag, an dem Fred angekommen war. Im Garten des *Gasthofs zur Gams* saßen Gäste, aßen und tranken und wirkten zufrieden. Dem Wirt entging keines der vorbeifahrenden Autos. Er nickte Fred freundlich zu.

Auf dem Grünbacher Hauptplatz parkte Fred ein. Er hob Geld ab, ging zur Post, kaufte Kuverts, Marken, Papier und eine Postkarte.

Im einzigen Geschäft des Ortes bestaunte er die Waren, die teilweise noch aus der Zeit seiner Kindheit zu stammen schienen. Fred erstand eine Dose Ravioli und eine mit gefüllten Paprika. Jugenderinnerungen. Riesige, runde Brotlaibe lagen in den Regalen; von einem Dachbalken hingen Würste, Speck und geräucherter Käse. Die Chefin, begeistert von ihrem eigenen Sortiment, beriet ihn mit Herz. Ihr Mann tippte die Preise händisch in eine Kasse ein. Das hatte Fred schon lange nicht mehr gesehen.

Er verstaute seine Vorräte im Kofferraum. Aus dem Lager brachte der Besitzer noch eine Kiste Bier und zwei

Kartons Wein. Diesbezüglich war die Auswahl selbst bei Berliner Moslems reichhaltiger. Immerhin, es gab Weiß und Rot.

Fred drehte eine Runde über den Platz, besuchte die Dorfkirche, las die Kundmachungen im Schaukasten des Gemeindeamtes (»Erhöhung der Hundeabgabe«, »Information über Wildbach- und Lawinenverbauung«) und landete schließlich fast ohne es zu wollen im Tourismusbüro. Eine attraktive, wenngleich etwas streng wirkende Dame im Dirndl begrüßte ihn.

»Haben Sie viele Privatzimmer?«, fragte Fred.

»Wir haben sicher noch etwas Freies«, sagte die Dame und tippte in die Tastatur ihres Computers. »Suchen Sie etwas mit Urlaub am Bauernhof oder lieber Wellness oder Familienanschluss?«

»Ich suche eigentlich eine relativ junge Frau«, rutschte es Fred heraus.

Die Tourismus-Dame schaute streng hinter ihrem Bildschirm hervor.

»Ich weiß schon«, sagte Fred beschwichtigend, »die meisten Männer in meinem Alter suchen eine relativ junge Frau. Aber in meinem Fall geht es um Wissenschaft. Ich muss mit der Dame etwas besprechen. Etwas Limbologisches.«

»Ich weiß nicht, wie ich Ihnen helfen kann.«

»Die Wissenschaftlerin wohnt in einem Privatzimmer. Sie heißt Mara.«

»Wir haben 118 Privatzimmer-Betten. Ich verfüge über keine Gästeliste und wenn, dürfte ich sie Ihnen nicht weitergeben. Tut mir leid.«

»Ist schon klar. Mir tut es leid. War wirklich eine blöde

Idee. Nichts für ungut. Ist auch nicht so wichtig! Auf Wiedersehen.«

»Auf Wiedersehen. Und noch einen schönen Aufenthalt in Österreich!«

Mit diesem guten Wunsch verletzte die Fremdenverkehrs-Dame zwar Alfreds Gefühle, aber nach diesem idiotischen Auftritt war das auch schon egal. Er setzte sich in den Gastgarten des fast schon mondän zu nennenden Kaffeehauses neben dem Gemeindeamt und bestellte einen Cappuccino, der seine Erwartungen weit übertraf.

Postkarte, Motiv Grünbach am Elbsee
Liebe Susanne!
Das Wetter ist sehr gut und vielleicht bleibe ich noch ein bisschen. In getrennter Post schicke ich ein paar Gedanken-Fetzen (im Wortsinn). Grünbach ist ein schöner Ort und die Menschen sind sehr nett. Liebe Grüße, Alfred

Als Alfred Firneis bei der Hütte am Kleinen Elbsee ankam, saß Mara bereits auf dem Steg. Sie schaute angestrengt ins Wasser und hatte Fred nicht bemerkt. Oder, dachte Fred, sie tut angestrengt so, als habe sie mich nicht bemerkt. Aber warum sollte sie sich verstellen? Mara war die natürlichste Frau, die man sich denken konnte.

»Hallo! Hallo!« Fred rief und winkte, bis Mara sich umdrehte.

»Guten Tag!«, rief Mara. Dann blickte sie wieder in den See. Vielleicht diese Limbo-Sache?

Fred beschloss, zuerst einmal den Wagen auszuräumen und Mara ihren Studien zu überlassen. Vom Parkplatz bis zu dem kleinen Erdkeller hinter der Hütte, der für die meisten Lebensmittel als Lagerraum diente, musste Fred ein Stück zurücklegen. Sein T-Shirt klebte an seinem Rücken, als er endlich alles verstaut hatte. Er sehnte sich nach einem ausgiebigen Bad im klaren Wasser des Kleinen Elbsees.

Fred schlüpfte in die Badehose und ging auf den Steg. Er brachte die zwei Handtücher mit, die er in der Hütte gefunden hatte. Ein blaues für sich, ein weißes für Mara, denn offensichtlich war sie wieder vom anderen Ufer des Sees bis an seinen Steg geschwommen.

Mara starrte konzentriert ins Wasser und bedeutete Fred mit der Hand, sich vorsichtig zu bewegen. Fred beugte sich zu ihr und folgte ihrem Fingerzeig.

»Sehen Sie, die Fische.«

»Die sind immer da«, sagte Fred. »Sie fressen alles, was ins Wasser fällt. Ich habe sie Elbtaler Mini-Piranhas genannt.«

In diesem Augenblick fiel Fred auf, dass er nach seinem Ausflug und dem vielen Tragen nicht gerade frisch roch. Also sprang er schnell und grußlos ins Wasser.

»Alfred! Sie Schlimmer! Die Fische«, hörte er Mara rufen.

»Die werden mich schon nicht fressen.«

»Aber sie sind wegverscheucht!«

»Die kommen schon wieder!«

Nun sprang Mara auch ins Wasser und kraulte mit sanften, aber zügigen Bewegungen zu Fred. Sie tauchte vor ihm auf und spuckte eine kleine Wasserfontäne aus.

»Ist es nicht herrlich!«, stellte Fred ziemlich unoriginell fest. Mara strich sich die nassen Haare aus dem Gesicht und blinzelte ihn an.

Sie schwammen zurück. Fred reichte Mara ihr Handtuch, sie trockneten sich ab und beobachteten einander dabei. Sie saßen auf dem Steg und ließen wie Kinder die Füße über dem Wasser baumeln. Und wie Kinder hatten sie ihre Handtücher einfach auf den Boden geworfen, unordentlich zerknäult, blau, weiß.

»Sehen Sie«, sagte Alfred, »da sind die Fische wieder.«

»Zum Glück«, antwortete Mara. »Ich arbeite wizzenschaftlich über sie.«

»Über was?«

»Über phoxinus phoxinus.«

»Und was ist das?«, wollte Fred wissen.

»Die Elritze.«

»Ich weiß auch nicht, was eine Elritze ist.«

Mara zeigte ins Wasser: »Na diese kleinen Fische! Die Sie Piranhas nennen!! Diese Fischchen, lang wie Finger, mit dem dunklen Streifen auf dem Rücken. Bei uns in Slowakei izzt man sie, in Ezzig eingelegt. Sehen Sie? Sie laichen gerade, und die Männchen haben einen grünen Streifen auf der Seite!«

Fred wusste nicht, was er sagen sollte, und hatte plötzlich Lust, ein Bier zu trinken, um ein wenig lockerer zu werden.

»Wollen Sie ein Glas Bier?«

»Danke. Ich trinke kein Bier.«

Das hätte sich Fred gleich denken können. Schlanke Menschen trinken eben kein Bier. Über dem Gebirge zogen schwarze Wolken auf. Eine kleine Stille entstand. Ein Entenpärchen kam, um ihnen Gesellschaft zu leisten und ein wenig mit ihnen zu plaudern.

»Für Gewäzzerbiologie ist phoxinus sehr wichtig«,

nahm die Studentin den Faden wieder auf. »Ich schreibe meine Doktorarbeit über sie.«

»Sind Sie an der Universität in Wien?«

»Nein, Slowakei«, sagte Mara, etwas ungeduldig.

»Bratislava?«

»Zvolen. Niemand kennt Zvolen. Eine kleine Stadt in der Mittelslowakei.«

»Sie sind von dort?«

»Sie sind unfazzbar neugierig.«

Ein Donner grollte, steinern, wie ein Felssturz im Gebirge.

Maras rechte Hand und Freds linke Hand lagen auf dem Steg, berührten einander fast. Mara lächelte Fred an. Fred lächelte, etwas verlegen, zurück. Maras Hand glitt wie zufällig näher an Freds Hand heran. Die kleinen Finger berührten sich, und Freds Herz begann aufgeregt zu pochen, obwohl er sich überhaupt nicht aufregen wollte.

»Wollen Sie ein Glas Wein?«

»Es ist noch hell«, meinte Mara, fast empört.

»Natürlich«, nickte Fred. Muss ja nicht sein. Bald würde Mara ins Wasser springen und wie ein Fisch entgleiten.

Doch der Himmel wollte es anders. Dicke Regentropfen klatschten auf die Wasseroberfläche, vereinzelt, ohne erkennbaren Rhythmus, aber mit deutlichem Accelerando.

Der nächste krachende Donnerschlag ließ die Luft erbeben. Mara zog erschrocken ihre Hand zurück. Ein Platzregen verwandelte den gerade noch so stillen See in brodelndes Wasser.

Mit einem kleinen Aufschrei sprang Mara auf und nahm ihr Handtuch. Sie wickelte sich darin ein, was bei dem Regen allerdings keinen Sinn hatte. Sie bemerkte es und musste lachen. Auch Fred lachte, packte das blaue Handtuch, und gemeinsam liefen sie zur Hütte. Unter dem Vordach der Hütte blieben sie keuchend stehen und sahen auf den See. Der Wind peitschte wehende Regenvorhänge durch das Tal. Ein Blitz zuckte durch den Himmel, ein gewaltiger Donner folgte.

Im Schutz der Hütte fühlten sich Mara und Fred geborgen, auch wenn sie tropfnass und etwas ratlos herumstanden. Zu ihren Füßen bildeten sich zwei kleine Pfützen. Ein Donner ließ beide zusammenzucken. Der Regen prasselte auf das Hüttendach. »Ich muzz zurückschwimmen. Zu meinem Moped«, sagte Mara.

»Sie können jetzt nicht schwimmen. Das ist viel zu gefährlich«, sagte Fred bestimmt.

»Dann geben Sie mir bitte etwas zum Anziehen.«

Fred ging in den Schlafraum und kam mit einem weißen T-Shirt und mit einer Boxer-Short, Karomuster, zurück. »Ich habe leider nichts anderes. Ich fürchte, meine Jeans passen Ihnen noch weniger als diese Sachen.«

Mara nahm die Kleidungsstücke entgegen und sagte artig danke.

»Können wir uns nicht du sagen?«, fragte Fred, und das wirkte an dieser Stelle etwas aus dem Zusammenhang gerissen.

»Wenn du mir einen Platz zeigst, wo ich mich umziehen kann, gerne«, sagte Mara etwas schüchtern, und fügte sicherheitshalber hinzu: »Alleine umziehen.«

Fred zeigte auf die Schlafkammer: »Dort.«

»Du darfst nicht schauen«, sagte Mara errötend.

»Ich mache inzwischen Feuer.«

Mara verschwand in der Kammer. Fred wandte sich dem Ofen zu, nahm Zeitungspapier und ein paar kleine Holzspäne, entfachte ein Feuer. Mara kam zurück. Das T-Shirt und die Shorts flatterten an ihrem Körper.

»Ich habe kalte Füze. Hast du vielleicht …«

Fred verschwand in der Kammer und kam mit einem Paar Socken aus dicker Wolle zurück.

»Danke«, sagte Mara und lächelte wie ein Mädchen. Sie setzte sich auf einen Stuhl und zog die Socken an. Dann stand sie auf und sah an sich herunter.

»Ich sehe entsetzlich aus.«

»Aber nein. Ist gar nicht so schlimm.«

»Weizt du, wir Frauen im Osten, wir sind anders erzogen. Es ist eine Schande, ohne geschminkt und gute Kleidung aus dem Haus zu gehen.«

Ein Blitz erhellte die Hütte. Es donnerte.

»Du musst jetzt eh nicht aus dem Haus gehen«, sagte Fred. »Ich ziehe mich auch um.« Eine kleine Pause entstand.

»Okay«, sagte Mara.

Fred ging zur Kammer. In der Türöffnung drehte er sich noch einmal um.

»Du darfst nicht schauen!«

»Mach ich nicht!«, lachte Mara.

Mara wärmte sich die Hände über der Metallplatte des Tischherds. Das Feuer knisterte angenehm. Fred kam in Jeans und mit halb geöffnetem Hemd zurück. In der Hand hielt er zwei nasse Handtücher, seine Badehose und Maras Bikini.

»Im Westen sind wir anders erzogen, wir lassen unsere nassen Sachen nicht auf dem Boden liegen.«

»Oh – entschuldige.«

»Ist doch kein Problem«, beruhigte sie Fred und hängte alles mit gespielter Sorgfalt über die Holzstangen, die zu diesem Zweck über dem Tischherd montiert waren.

»Ist mir wirklich peinlich«, sagte Mara und nahm Fred ihren Bikini ab, um ihn selbst aufzuhängen.

»Hast du Hunger?«, wollte Fred wissen.

»Ja. Grozen Hunger.«

Fred stellte Wasser zu und Mara half ihm, Kartoffeln zu schälen. Fred schnitt die rohen Kartoffeln in dünne Scheiben und ließ sie einige Minuten köcheln. So geht es schneller, als wenn man die Kartoffeln im Ganzen kocht, erklärte er. Mara bewunderte seine Routine am Herd.

»Früher habe ich gerne gekocht«, erklärte Fred. Und während er gekonnt eine Zwiebel schnitt und im ausgelassenen Fett einiger Speckwürfel anröstete, erzählte er von seinem Leben in Berlin, von Charlotte, von der Zeit ohne Charlotte, von seiner zunehmenden Abkapselung.

»Entschuldige«, sagte er, während er die gekochten Kartoffelscheiben in die heiße Pfanne warf, »ich rede eigentlich nie über das alles. Und jetzt muss ich es ausgerechnet dir erzählen, obwohl wir uns doch gar nicht kennen.«

»Ich finde Menschen und ihre Geschichten interezzant«, entgegnete Mara.

Fred verquirlte vier Eier mit etwas Milch. Es gelang ihm, ein auch ästhetisch gelungenes Omelett zu servieren. Er beobachtete voll Freude, mit welchem Appetit Mara aß. Nach dem Essen streckte sie sich und seufzte: »Das war richtig gut.«

Sie half ihm beim Abwasch, den Fred gleich erledigen wollte, das gebot sein wiedergefundener Ordnungssinn.

Das Gewitter hatte nachgelassen, doch man hörte den Regen noch auf das Dach prasseln. Es war dunkel geworden.

»Ich fürchte, ich werde nicht mehr wegkommen«, meinte Mara, die darüber allerdings nicht sehr sorgenvoll wirkte.

»Du kannst hierbleiben«, sagte Fred. »Ich werde auf der Bank schlafen.«

»Kann ich vielleicht doch ein Glas Wein haben?«, fragte Mara, die gerade die Teller in den Geschirrschrank geordnet hatte.

Sie setzten sich an den Tisch, und Fred öffnete eine Flasche Rotwein. Eine Kerze brannte, und im Herd knisterte das Feuer. Mara erzählte von ihrer Familie und von ihrer Heimat. Fred versuchte, ihr die seltsame Wandlung zu erklären, die in den letzten Tagen in ihm vorgegangen war. Vom Druck der Einsamkeit, der sich merkwürdigerweise in der Einsamkeit aufgelöst hatte.

Das Feuer und der Wein hatten ihre Wangen gerötet, ihre Augen glänzten. Mara hatte ihre Füße auf die Bank gelegt, sie umklammerte ihre Beine, als wollte sie mit sich selbst kuscheln. Fred vermied es, ihr zu lange in die Augen zu sehen. Die Hüttenromantik begann ihm ein wenig unheimlich zu werden.

»Mara, was bedeutet Mara?«, fragte er, um etwas zu sagen.

»Was bedeutet Fred?«

»Alfred.«

»Und was bedeutet Alfred?«

»Keine Ahnung.«

»Eben. Egal! Und überhaupt, Fred! Die Bedeutungen! Hast du nicht erklärt, Namen und Bedeutungen stellen sich zwischen die Welt und uns? Hast du nicht gesagt, wir sollten mehr bewuzzt sein?«

»Bewuzzt, ja«, seufzte Fred. »Wenn man denn kann.«

Mara lachte und setzte sich auf. In der Bewegung brachte sie ihr Gesicht ganz nah an jenes von Fred. Fred konnte den Duft ihres Haars riechen, die winzigen Sommersprossen auf ihrer Nase sehen, ihre freundlichen Wimpern …

»Bewuzzt sein«, hauchte sie, »das kannst du …«

Es war ganz still geworden in der Hütte. Nur das Feuer sirrte sacht.

Plötzlich ging mit einem lauten Poltern die Tür auf.

August stolperte herein, durchnässt und völlig erschöpft.

In den Armen trug er seine Hündin Aisha.

16. Juli

Liebe Susanne!

Ich habe jemanden kennengelernt. Sie heißt Mara und ist quasi aus dem See gestiegen, wie eine Nixe, obwohl sie aus der Slowakei kommt. Kennen Sie Zvolen? Das muss eine kleine, ganz reizende Stadt sein. Eine Universitätsstadt außerdem. Mara macht ihren Doktor in Biologie. Am Kleinen Elbsee studiert sie das Verhalten von phoxinus phoxinus, also, wie Sie zweifellos wissen, der Elritze.

Mara spricht ein ausgezeichnetes Deutsch, von einem kaum auffallenden Doppel-s-Fehler abgesehen.

Sie ist keine Studentin im Sinne von Mädchen frisch von der Schulbank. Ja, sie ist jünger als ich, aber nicht viel jünger. Wenn sie mit dem Studium endgültig fertig ist, möchte sie als Gewässerexpertin für den Umweltschutz oder einen Nationalpark arbeiten. Vielleicht in den Karpaten. In der Niederen Tatra. Das ist nicht weit von dort, wo sie aufgewachsen ist. Da könnte sie in der Nähe ihrer Familie bleiben, und außerdem ist die Tatra »unfazzbar schön«.

Wegen eines schweren Gewitters musste Mara in der Hütte übernachten. Mara sieht übrigens sehr gut aus. Aber glauben Sie bitte nicht, dass ich irgendwelche Hintergedanken hatte! Wir haben unseren Abend auch zu dritt beschlossen, denn plötzlich kam August bei der Tür herein.

In den Armen hielt er Aisha, seine Hündin. Habe ich Ihnen schon von Aisha erzählt? Wie Sie wissen, verehrte Verlegerin, bin ich ja in Berlin und Umgebung nicht gerade als Hundefreund bekannt. Aisha ist eine Ausnahme. Sie ist schwarz mit einem weißen Fleck auf der Brust. Auch die Schwanzspitze ist weiß. Und dieser Hundeblick aus den dunkelbraunen Augen! Diese Augen sehen aufmerksam in die Welt, mit einer unglaublichen Hingabe und einer sanften Melancholie. Wenn August aufsteht oder sich fortbewegt, dann folgt ihm dieser Blick. Der Hund bewegt sich nicht, nur die Augenbrauen zeichnen kleine Fragezeichen in die Luft.

August war in einem entlegenen Teil seines Reviers, mitten auf einem Bergrücken, von dem Gewitter überrascht worden. Da es zu gefährlich gewesen wäre, in dieser Höhe, die keinerlei Schutz vor Blitzschlägen bietet, weiterzugehen, hatte er sich mit seinem Hund in einer Felsnische verkrochen. Beim Abstieg in der Dämmerung hatte sich Aisha an einer scharfen Steinkante die Pfote aufgeschnitten. Nun musste August außer seinem Jagdgewehr und dem Rucksack auch noch den Hund tragen, der ziemlich stark blutete und nicht weitergehen konnte.

Erschöpft war August bei der Hütte angelangt und hatte Licht gesehen. Da bis zu seinem Auto noch ungefähr eine Stunde Fußmarsch zurückzulegen gewesen wäre, bat er darum, über Nacht in der Hütte bleiben zu dürfen.

Ich sagte natürlich gleich zu, obwohl ich eine gewisse Unsicherheit in Maras Blick erkennen konnte. Jetzt saß die Arme mit zwei wildfremden Männern allein in einer Hütte am Ende der Welt.

Als Erstes versorgten wir Aishas wunde Pfote: Ich holte frisches Wasser, August wusch die aufgeplatzte Pfote damit ab. Dann desinfizierte er mit Schnaps. Für den Verband mussten wir eines Ihrer Geschirrtücher (Blümchenmuster) opfern, aber ich nehme einmal an, Ihnen als Tierfreundin macht das nichts aus.

Von seiner Lederhose wollte sich August auch in der Nacht nicht trennen, die müsse, sagte er, am Körper trocknen, weil sie sonst ihre Geschmeidigkeit verliert. Er streckte sich einfach auf seiner Seite der Eckbank aus und sagte noch: »Morgen wird's schön.« Wenige Sekunden später hörten wir ihn tief und regelmäßig schnaufen, und es klang ähnlich wie das Rauschen der Bäume im nächtlichen Wind. Das Prasseln des Regens auf dem Dach hatte aufgehört. Mara und ich lächelten einander ein wenig ratlos an. Augusts Müdigkeit wirkte wie ansteckend. Natürlich überließ ich Mara mein Bett. Sie nahm es ohne große Umstände an.

Ich setzte mich zum Hund auf den Boden und streichelte ihn. Aisha sah mich zuerst verwundert an, dann ließ sie ihren Kopf mit einem Seufzer auf den Boden fallen. Eine Welle der Entspannung glitt sichtbar durch ihren Körper. Was für ein weiches, warmes Fell. Ich löschte die Kerze und legte mich auf meinen Teil der Bank.

Der Duft von frischem Kaffee weckte mich. August hatte Feuer gemacht und stand wohlgelaunt am Herd. »Kein Wolkerl am Himmel«, sagte er, »und die Pfote ist auch schon viel besser.«

Er brachte mir eine Tasse Kaffee ans Bett, also an den Tisch. Es dauerte nicht lange, und Mara erschien. Sie ist offensichtlich kein Morgenmensch. Ich sehe so etwas auf den ersten Blick. Morgenmenschen sehen in der Früh ungefähr so aus wie am Abend. Bei Nicht-Morgenmenschen hinterlässt der Schlaf kleine Polster auf den Wangen, Verschwollenheiten in den Augenlidern, eine Ungenauigkeit im Blick und ein leichtes Schwanken im Körper. Schlaftrunkenheit.

August und ich grüßten artig. Ich half Mara dabei, sich auf einen Sessel zu setzen, August brachte heißen Kaffee. Sie sagte nichts und wir auch nicht. Ich sah ihr zu, wie sie allmählich das Bewusstsein erlangte, wie ihr Blick sich klärte, Haare und Haut sich glätteten, als würden sie von unsichtbarer Hand gestreichelt.

Nun sind beide fort. August begleitete sie ans andere Ufer zu ihren Sachen, die zweifellos fürchterlich nass sind. Sein Auto steht in der Nähe, er wird sie dann in ihr Quartier bringen, das Moped hängt er hinten aufs Auto.

Morgen kommt Mara angeblich wieder.

Wissen Sie eigentlich, was der Name Alfred bedeutet?

Herzliche Grüße

Alfred Firneis

PS: Drei Stunden später – bin doch nach Grünbach hinunter gefahren, um diesen Brief aufzugeben und einzukaufen. Saß in der *Gams* auf ein Bier. Hier ist jetzt alles voll mit Wiener Touristen. Wenn man länger nicht in Wien war, klingt die Sprache der Wiener merkwürdig. Die Frauen ziehen die Selbstlaute so entseeetzlich in die Lähhhnge, und die Männer hochnäseln mit einer Wichtigkeit, als würden sie gerade direkt vom Kaiser kommen. Das Frollein von der Post will übrigens dasselbe wie Sie: Ich soll endlich abgeben. Auf Wiedersehen!

17. Juli

»Phoxinus phoxinus gilt als sehr gefährdet«, erklärte Mara.

Sie war am späten Vormittag gekommen, das Holpern und Knattern ihres Mopedmotors vorausschickend, und tatsächlich, Fred konnte Mara zwischen den Bäumen ausmachen, wie sie auf dem uralten Puch-Mofa ihrer Zimmervermieterin über die Schotterstraße tuckerte und blaue Rauchwölkchen hinterließ. Ihre Haare wirbelten im Fahrtwind, und Fred sah ihr konzentriertes Gesicht. Von Helmpflicht hatte man im inneren Elbtal offensichtlich noch nichts gehört. *Zitronenfalter*, hatte Fred gedacht, als Mara in ihrem luftigen, gelben Sommerkleid den Pfad herabgeschwebt war.

Nun knieten sie nebeneinander auf dem Steg. Mara hatte einen Block mit, darauf kritzelte sie Wörter und Zahlen, *importance 250–330* konnte Fred entziffern, *effects*, *gender* und *performing*.

»Spricht man in der Slowakei Englisch?«, fragte er.

»Man schaut nicht in die Schriften von anderen Menschen«, tadelte Mara, obwohl sie am Vortag Freds Schnipsel genauso neugierig begutachtet hatte.

»Tut mir leid. Ich weiß das normalerweise. Ich verwildere hier«, antwortete Fred, während er gleichzeitig die Wörter *patterns* und *behaviour* erspähte.

Er sah zu, wie die gestreiften Fischchen im flachen Wasser in geordneter Formation im Kreis schwammen. Manchmal ergriff den Schwarm ohne ersichtlichen Grund eine plötzliche Erregung, die Formation wich dem Chaos, scheinbar zappelte jeder Fisch, wie er wollte, und die Wasseroberfläche brodelte.

»Was machen die Fische?«, fragte Fred.

»Sex«, antwortete Mara trocken.

»Oh«, sagte Fred.

»Ich bin hier, um ihr Fortpflanzungsverhalten zu studieren«, erklärte die Forscherin.

»Diese Fische kommen fast nur noch in klaren Seen in den Alpen vor. Slowakisches Ministerium für Umwelt überlegt ein Programm der Wiederansiedelung in den Wazzern der Karpaten. Ich gehöre zu einem Team, und wir machen eine Evaluation von den biologischen Auswirkungen von diesem Projekt.«

»Bleibst du lange hier?«

»Nein. Ich muzz Ergebnizze bringen. Und die Zeit für *reproduction* ist bald vorbei.«

»Sex aus«, stellte Fred trocken fest, aber das kam ihm so blöd vor, dass er eine Frage nachschob: »Haben die Fische Spaß dabei?«

»Phoxinus ist ein typischer ... wie sagt man ... Schwarmlaicher. Das heizt, es müzzen viele sein, damit sie in Stimmung kommen.«

»Aha«, sagte Fred.

»Nicht so wie bei uns«, fügte Mara hinzu und lächelte Fred an.

»Nicht so wie bei uns«, hallte es in Freds Kopf nach. Vielleicht kann sie einfach die Wirkung ihrer deutschen Sätze nicht so richtig einschätzen. Während Fred am Rand seines Blickfelds wahrnahm, dass Mara unter ihrem Kleid einen schwarzen Bikini trug, setzte er ein sehr wissenschaftliches Gesicht auf und sagte: »Ich habe mich sehr oft gefragt, ob es so etwas wie Schwarmintelligenz gibt. Ich glaube jedenfalls nicht daran. Zumindest nicht beim Menschen. Das, was man Schwarmintelligenz nennt, ist meistens nur die Faulheit des Einzelnen. Aber ich bin kein Wissenschaftler.«

»Die Frage nach *swarm intelligence* und *collective behaviour* ist auch bei Wizzenschaftlern sehr umstritten. Es werden dann von manchen Kollegen Diskurse geführt, die in den Bereich von Religion oder Mystik gehen, verstehst du? Sie sagen, ein übergeordneter Geist, wie ein *spirit*, bestimmt den Schwarm, denn wenn es diesen *spirit* nicht gibt, warum weiz dann jeder Fisch, was er zu tun hat? Man hat dazu viele Experimente gemacht, mit Mäusen, mit Fischen. Man kann Schwärme darauf trainieren, zum Beispiel auf die Farbe Gelb zu reagieren, verstehst du?«

Mit einem Seitenblick auf Maras Kleid sagte Fred: »Ja, das verstehe ich.« Mara ging darüber hinweg und fuhr fort: »Es ist möglich, einen Schwarm zu konditionieren. Mischt man einen Schwarm, der auf gelbes Futter reagiert, mit einem Schwarm, der auf blaues Futter reagiert, so übernimmt der kleinere Schwarm in der Regel das Verhalten des grözeren Schwarms. Es kommt aber auch darauf an, wie stark die Konditionierung ist. Eine komplizierte Frage.«

»Ist es möglich, vom Verhalten von Tieren auf das Verhalten von Menschen zu schließen?«, wollte Fred wissen.

»Natürlich«, lachte Mara. »Möglich ist es. Ob es richtig ist, ist eine andere Frage. Manche Kollegen beschreiben zum Beispiel das World Wide Web als eine Art Schwarm, eine Form von kollektiver Intelligenz.«

»Ich weiß nicht«, sagte Fred diplomatisch, obwohl ihm das Wortpaar *kollektive Verblödung* auf der Zunge lag, aber er wollte Mara nicht mit einer antitechnologischen Suada langweilen.

Mara schrieb etwas in ihren Block und sah von den Fischen auf: »Ich fürchte, wir verlieren durch diese künstliche Verbindung des Internet unsere natürliche Verbindung. Verstehst du, Bindung. *Relation*. Verbindung zu Natur. Verbindung zu Menschen. Verbindung zu allem.«

»Das ist aber nicht sehr wissenschaftlich«, warf Fred ein.

»Nein«, sagte Mara und legte sich auf den Steg. »Die besten Dinge sind nicht sehr wizzenschaftlich.«

»Zum Beispiel?«

»Zum Beispiel der Himmel.«

Fred nahm das als Aufforderung, sich ebenfalls auf dem Steg auszustrecken. Ihre Köpfe lagen nebeneinander. In ihren Augen spiegelte sich der Himmel.

»Die Wolken sehen aus wie Seidentücher«, hauchte Mara, als wäre das ein Geheimnis.

»Schlechtwetter kommt«, flüsterte Fred. »Diese Wolkenfetzen bedeuten kalte Luft in der Stratos- oder irgendwas -sphäre.«

»Siehst du den Drachen?«

»Drachen?«

»Dort vorne …« Mara zeigte mit dem Finger. »Das ist der Drachenkopf. Er speibt gerade Feuer.«

»Speit.«

»Siehst du hier der Körper? Mit ganz vielen Zacken.«

»Ja!« Fred begann allmählich zu sehen. »Und Stacheln.«

»Und hier der lange Drachenschwanz! Der ist gefährlich!«, sagte Mara und fügte nach einem Augenblick des Schweigens hinzu: »Der Himmel ist das Beste auf Erden.«

Fred hob seinen Kopf und sah Mara an: »Wer ist jetzt der Dichter? Du oder ich?«, hörte er sich sagen, und es klang viel weniger witzig als gemeint.

Mara setzte sich auf: »Du bist der Dichter! Und ich wünsche mir so sehr – ein Gedicht von dir!«

»Ich schreibe nicht auf Bestellung.« Wieder hatte Fred schroffer geklungen, als er wollte.

»Oh, hab ich dich beleidigt …« Mara streichelte über die feinen Haare auf Freds Arm. Ein Schauer lief ihm über den Rücken. Er setzte sich auf.

»Tut mir leid ... ich ... schreibe momentan nicht.«

»Das kann sich ändern«, sagte Mara. Vielleicht gab es im wissenschaftlichen Bereich auch Schreibblockaden, dachte Fred, aber er wollte das Thema keinesfalls vertiefen.

Mara zeigte auf den Himmel im Westen. »Siehst du die Schildkröte? Ist sie nicht wunderbar mit ihrem runden Panzer?«

»Panzer«, wiederholte Fred. »Panzer ist kein poetisches Wort.«

»Du bist der Dichter.«

»Schwimmen wir eine Runde?«, fragte Fred. »Mir ist heiß.«

Der See klärte Freds Gedanken und machte Mara hungrig. Sie setzten sich an den Tisch vor der Hütte, tranken das frische Quellwasser und aßen eine Kleinigkeit. Mara sagte, sie müsse noch einige Beobachtungen aufzeichnen. Ob es Fred etwas ausmache, wenn sie hier sitzen bliebe? Das machte Fred nichts aus. Auch er nahm seinen Block zur Hand.

»Ich dachte, du schreibst nicht«, sagte Mara.

»Ich schreibe auch nicht. Ich mache mir höchstens ein paar Notizen.«

Fred hörte Maras Kugelschreiber über das Papier rasen. Er dachte nicht daran zu schreiben, er konnte ohnehin nur schreiben, wenn er allein war. Oder allein in einer Masse, also im Zug oder in einem Lokal. Doch Fred wollte gerne neben Mara sitzen bleiben, und um sich zu beschäftigen, notierte er, was ihm gerade in den Sinn kam. Zum Beispiel:

»Trotz Sommerwärme manchmal der Eindruck, das

Blut gefriert in den Adern. Stockt. Das ist der Pragmatismus. Anpassung an die Gegebenheiten = Verlust der Träume. Oder verlachen wir die Träume? Im mittleren Lebensalter werden wir alle zu Kaltblütern.« Fred starrte auf den See.

»Duu, Mara?«

Mara schrieb etwas zu Ende, dann sah sie auf. »Ja?«

»Sind Fische Kaltblüter? Und was sind Kaltblüter eigentlich?«

»Kaltblüter ist ein alter Begriff. Wir sagen heute *poikilotherms*. Wechselwarme Tiere. Das heizt, sie pazzen ihre Körpertemperatur der Umgebung an.«

»Sehr pragmatisch.«

»Ja.«

»Haben Fische Gefühle?«

»Sie haben Strezzhormone und Glückshormone.«

»Also kennen sie Angst und Liebe?«, fragte Fred.

»Möglich«, antwortete Mara. »Aber wir dürfen nicht erwarten, dazz diese Gefühle den menschlichen Gefühlen gleichen.« Mara wandte sich wieder ihrem Block zu.

Fred schaute auf den See und dachte an die Schwärme der kleinen Fische. Sie passten ihre Körpertemperatur der Umgebung an. Wenn die Sommersonne das Wasser erwärmte, wurde der Schwarm schwärmerisch und begann mit der Fortpflanzung. Im Winter schwimmen die Fische dann wohl nur so rum und suchen kaltblütig nach Nahrung.

»Angekommen im Lebensalter des kalten Blutes.« Diese Wortspur hinterließ Freds Bleistiftspitze auf dem Papier. Manchmal wunderte er sich selbst darüber, welche Gedanken er absonderte. »Wie ist Liebe möglich, wenn man ahnt, wie sie ausgehen wird? Wie und warum dazu aufraffen, sich mit einem anderen Körper zu vermischen? Eine andere Seele zu erkennen? Wozu? Angepasst an die nachlassende Temperatur. Seelentemperatur. Alterungsprozess! Praktisch soll es sein. Pragmatisch. Wie bei Fischen.«

Fred sah kurz auf, dann schrieb sein Bleistift in Großbuchstaben den Satz: »WIE IST LIEBE UNTER FISCHEN MÖGLICH?« Er unterstrich den Satz zweimal und sah Mara an. Die ließ sich nicht von ihren Aufzeichnungen abbringen. Sie hielt ihren Block so, dass Fred nicht lesen konnte, was sie schrieb.

Sie sieht deutlich jünger aus als ich, dachte Fred. Sie ist deutlich jünger als ich. Aber Mädchen ist sie keines mehr. Ich wette, sie hat in ihrem Badezimmer Cremen stehen, auf denen Dinge wie *Anti-Age* oder *Repair* stehen. Oder haben Biologinnen so was nicht? Er wandte sich wieder seinem Block zu. »Auflösung der Formen«, schrieb sein Bleistift. »Zerfall der Welt. Sinnlosigkeit des Ruhms. Körper = Verfall.«

Darunter begann Fred eine Art Liste mit jenen Verfallserscheinungen, die er in den letzten Monaten bei sich beobachtet hatte:

»Hände = Elefantenhaut. Adern hervortretend wie Gebirgszüge. Nägel = glanzlos, trüb.

Hals = Schildkrötenhals. Mind. 1000 Jahre alt. Jetzt neu – Falten auch im Nacken! Unterschied: Schildkrötenhals = beweglicher.

Gesicht, kleine Adern Höhe Backenknochen. Alkohol?

Augen: Schwarze/graue Flecken auf Pupille. Augenweiß = gelblich. Leber?!

Nase = Haare!

Ohren = Haare!

Oberkörper = Weiße Haare.

Haare = Immer weniger Haare!«

»Hängebrüste«, sagte Fred laut.

»Wie bitte?«, fragte Mara.

»Ich habe Hängebrüste«, sagte Fred.

»Was?« Mara sah ihn an und prustete los. »Ist mir nicht aufgefallen. Schreibst du jetzt ein Gedicht darüber?« Und wieder lachte sie aus voller Kehle. Fred verzog keine Miene.

»Findest du nicht, dass ich wahnsinnig alt aussehe?«

»Ich kenne dich nur so.«

»Als du mich das erste Mal sahst, dachtest du da: Was für ein alter Mann?«

Mara konnte sich nicht mehr halten vor lachen. Stöhnend presste sie hervor: »Ja – dachte ich – alter Mann – alter, dicker Mann – mit unfazzbaren Hängebrüsten!« Mara musste aufstehen, weil das Lachen im Sitzen zu sehr schmerzte. Fred sah sie staunend an.

Dann musste er auch lächeln.

Mara trank einen großen Schluck Wasser und beruhigte sich. Sie setzte sich wieder neben Fred, der besorgt seinen Block zuklappte, damit sie ja nicht sehen konnte, was er geschrieben hatte.

»Und«, fragte sie, »schreibst du ein Gedicht? Schreibst du vielleicht über mich? Machst du dich über meine Figur lustig?«

»Aber nein! Du bist wunderschön. Und jung!«

»Ich bin nicht so jung.«

»Aber lebendig.«

»Inspiriert dich das?«

»Ich glaube nicht an Inspiration.«

»Aber irgendwas muzz dich anregen, Fred? Ich meine, zu einem Gedicht?«

Fred sah auf den See und schwieg. Dann sagte er vorsichtig: »Entschuldige, aber bei Interviews fand ich das immer die lästigste und ... sinnloseste Frage. Ich weiß doch nicht, was mich inspiriert. Schon allein, darüber nachzudenken, tötet jede Art von Inspiration!«

»Tut mir leid. Ist wirklich eine blöde Frage!«

»Den Journalisten hab ich dann immer gesagt – die S-Bahn. Die S-Bahn inspiriert mich. Ich setze mich in die S-Bahn und fahre stundenlang durch die Stadt. Damit waren die zufrieden. Das war so ein Bild von einsamer Cowboy in der Großstadt, das hat denen gefallen. Natürlich bin ich in meinem Leben noch nie in die S-Bahn gestiegen, um mich inspirieren zu lassen. Der Gedanke allein, etwas zu tun, damit es einen inspiriert, ist schon völlig verkehrt.«

»Weil Druck kommt.«

»Genau!«

»Also entstehen deine Gedichte aus der Entspannung?«

»Nein. Eher aus einer Anspannung. Aber nicht aus einer absichtlichen.«

»Gedichte sind unabsichtlich?«

»Vielleicht absichtslos. Ich habe im Glückstaumel aufregender Affären geschrieben.«

»Aha.«

»Ich habe aus Liebeskummer geschrieben.«

»Aha.«

»Ich habe aus Zorn, aus Angst, aus Gekränktsein geschrieben.«

»Oh.«

»Aber weißt du, was mich stets am meisten inspiriert hat?«

»Was?«

»Ein Abgabetermin.«

»Also sollte dir einen geben dein Verlag.«

Fred seufzte: »Ich will nicht mehr. Ich fühle mich wohltemperiert. Wie deine Fische.«

»Ist praktisch.«

»Ja. Aber todlangweilig.«

»Deine Persönlichkeit macht eine Verwandlung. Wir kennen das in der Biologie in vielen Formen. Die Schlange häutet sich, die Vögel mausern sich, und so weiter. In der Zeit sind die Tiere meistens häzzlich und sehr verletzlich. Aber dann sind sie ganz neu.«

Fred stand auf und schaute skeptisch. »Ich habe das Gefühl, ich verwandle mich gerade von einem Schmetterling in eine Raupe.«

Mara lächelte nachsichtig: »Die Schlange wächst, sie häutet sich. Der Hirsch bekommt jedes Jahr ein prächtigeres Geweih!«

»Mara – bei mir wird nichts mehr prächtiger!«

»Vielleicht die Seele, Fred? In meiner Heimat haben wir einen Spruch – erst nach der Blume kommt die Frucht.«

»Mara, du bist wunderbar.«

»Würdest du ein Gedicht für mich schreiben?«

»Ich kann es nicht. Sorry.«

18. Juli

Hallo Susanne,
heute regnet es. Aber wie es regnet! Ähnlich wie am Tag meiner Ankunft. Ich weiß nicht, ob ich noch lange hierbleibe. Der Herbst lässt grüßen. Ich weiß schon, Sie werden mich jetzt auslachen, 18. Juli und Herbst. Aber glauben Sie mir, ich kann ihn schon riechen.

Manchmal habe ich den Eindruck, ich werde ruhig, immer ruhiger, bis ich in der Welt verschwinde. Einfach aufgehe hier in der Natur und weg. Ich fliege mit den Vögeln oder schwimme mit den Fischen. Kein unangenehmer Gedanke.

Mara wird heute wahrscheinlich nicht kommen. Wenn es so schüttet, kann man keine Fische beobachten. Sie ist wirklich eine Seele von Mensch. Ich habe sie von Herzen gern. Aber glauben Sie nicht, da könnte sich etwas anbahnen. Erstens bin ich – glaube ich – nicht ihr Typ, und zweitens – was soll schon dabei rauskommen? Sie ist eine aufstrebende Wissenschaftlerin, wohnt in der Slowakei, hat andere Freunde, andere Pläne, das wäre alles nur kompliziert. Sie wohnt allein, hat sie mir erzählt, nachdem ihre Tochter, die sie sehr jung bekommen hat, gerade ausgezogen ist. Mara ist also »zu haben«, hätte ich vielleicht früher gedacht, aber das liegt mir heute fern. Das klingt wie ein Sonderangebot des Schicksals, und ich misstraue Sonderangeboten prinzipiell. Vielleicht hängt mir die Geschichte mit Charlotte viel mehr nach, als ich gedacht hatte. Ich bin vielleicht einfach noch nicht so weit. Manchmal frage ich mich sogar, ob ich jemals wieder so weit sein werde.

Wenn das Leben langsam die letzten Kapitel schreibt, ist es angebracht, sich mehr mit dem Geistigen zu beschäftigen. Das finden Sie bestimmt albern, weil ich in Ihren Augen jung und gesund bin. Meinetwegen, ich gebe Ihnen ein wenig recht. Dennoch spüre ich, es ist an der Zeit für mich zu lernen, ein alter Mann zu werden.

Mara und ich haben gestern fast den ganzen Tag miteinander verbracht und merkwürdige Gespräche geführt. Zum Beispiel über Biologie (Fische), Anatomie (Hängebrüste – die habe ich) und am Ende über Mythologie (Elfen). Sie war völlig erstaunt, dass ich als »deutscher (!) Dichter« noch nicht bemerkt hatte, dass der Elbsee von der Wortherkunft nichts anderes sei als der Elfensee. Mara glaubt tatsächlich an alle möglichen Geistwesen. Das sei in den Karpaten so normal wie zum Beispiel in Island, meinte sie, und auch kein echter Gegensatz zur Wissenschaft. Für Mara sind Gnome und Zwerge so real wie Fische und Enten. Und viel realer als Bankguthaben und Börsenkurse.

Als die Dämmerung sich langsam über den Talkessel senkte, fuhr sie zurück in den Ort. »Wenn es hell ist, siehst du die Dinge an«, sagte sie. »Wenn es finster wird, sehen die Dinge dich an.«

Der Gedanke verfolgte mich die halbe Nacht.

Am Morgen stand ich lange vor der Tür und sah auf den See. Er dampfte und rauchte wie ein Geysir (von wegen Island). Der Wind blies fette Wassertropfen von den Blättern. Ein Käuzchen rief, bevor es schlafen ging. Und plötzlich – plötzlich – bitte lachen Sie mich nicht aus – plötzlich konnte ich den Tanz der Elfen sehen, wie sie über das glänzende Wasserparkett schwebten, hin und her und im Kreis, und ihren luftigen Reigen im Schilf fortsetzten. Das war keine Einbildung, auch keine poetische Vision, keine Metapher! Und ich war nüchtern wie ein Krokodil. Ich sah sie. Die Elfen. Und ich kann Ihnen sagen, das erschreckte mich nicht. Was mich erschreckte oder geradezu schockierte, war vielmehr die Einsicht – wie konnte ich als Dichter nur glauben und sagen, dass ich keine Seele habe? Wie konnte ich vergessen, dass wir aus einer anderen Welt kommen und in eine andere Welt gehen? Wie konnte ich vergessen, dass es meine Aufgabe ist, vom Durchschimmern dieser Welt zu berichten?

Aber frohlocken Sie nicht, liebe Verlegerin. Ich weiß nicht, ob ich die Kraft haben werde, von diesen Welten zu berichten. Den Willen dazu. Die Kinder lehren wir das Gebet zu ihrem Schutzengel. Aber wir Großen sind von allen guten Geistern verlassen. So sieht die Welt auch aus. Und warum sind wir von den guten Geistern verlassen? Weil wir sie vergessen haben. Und weil wir sie schon so lange vergessen haben, leben wir nun in einer Welt, in der die Anderswelt nur noch für manche Kinder und Irre existiert.

Zählen Sie mich getrost zu Letzteren.

Ganz der Irre,

Alfred

19. Juli

Liebe Susanne,
ich habe sie heute wieder gesehen, Titania und den Rest der coolen Elfengang.

Mehr fällt mir jetzt nicht ein.

Regen.

20. Juli

Regen.

Wollte mit den Elfen reden und auch mit einem Zwerg, der hinter der Hütte im Wald wohnt. Aber sie verschwinden, wenn ich den Mund aufmache.

21. Juli

Regen.

Überlegung, ob ich in den Ort fahren soll. Damit ich wenigstens mit irgendwem reden kann. Habe aber Sorgen wegen der Straße. Überall Wasser. Mara ist ein seltsamer, ein schöner Name.

Grüße Fred

PS: Sollte es jemals wieder ein Buch von mir geben, der Titel »Liebe unter Fischen« böte sich an. Fürchte aber, es bleibt beim Titel.

22. Juli

Der Regen hatte aufgehört. Zart schimmerte die Sonne durch eine bleigraue Wolkendecke. Als Fred ein Motorengeräusch vernahm, frohlockte er. Doch es war nicht Mara, die den schmalen Pfad zwischen Parkplatz und Hütte hinunterlief, sondern Aisha. Sie wedelte übermütig und begrüßte Fred, indem sie eine Art klagenden Gesang anstimmte, was ihn sehr rührte. Darüber musste er unbedingt mit Mara reden: Ob Hunde tatsächlich die einzigen Wesen sind, denen Menschen mehr bedeuten als ihre eigenen Artgenossen.

August tauchte auf. Unrasiert, Zigarette im Mundwinkel, unwilliger Schritt – er wirkte schlecht gelaunt.

»Sauwetter, elendes«, fluchte er und knallte einen Brief auf den Tisch. »Da – Post. Hast du einmal zu den Pflanzen geschaut, Dichter?«

Fred schüttelte den Kopf. »Gießen war ja nicht notwendig.«

»Aber Schnecken klauben«, brummte August und machte sich auf den Weg zu seiner Plantage.

»Es ist, wie es ist«, rief ihm Fred ironisch nach.

August blieb missmutig stehen. »Eh.«

»Na eben nicht«, lächelte Fred, den anderer Leute schlechte Laune stets heiter stimmte. »Man kann eben auch etwas ändern!«

»Jo«, brummte August, »und wenn man's geändert hat, dann ist es wieder, wie es ist.«

»Gut, und ich habe eben auf die Schnecken vergessen. Ist, wie es ist«, stichelte Fred. Er wunderte sich selbst, warum ihn dieser Satz so ärgern konnte.

August wandte sich ab. Fred begleitete ihn nicht zu seiner Plantage. Er verspürte nicht die geringste Lust, sich irgendwelche Vorwürfe wegen der Pflanzen machen zu lassen. Stattdessen öffnete er den Brief. Susanne hatte ihn, wie beim letzten Mal, getippt und ausgedruckt.

Berlin, am 19. Juli

Lieber Herr Firneis!

1) Danke für die Postkarte! Ich wusste gar nicht, dass es so was noch gibt. Die Papierschnipsel mit dem

Schriftwerk habe ich ebenfalls erhalten. Ich werde bei Gelegenheit eine Collage daraus machen. Zum Lesen war das ja weniger geeignet. Angesichts Ihrer Handschrift dachte ich, Sie wollen mich verarschen. Ich konnte nur ein einziges Wort lesen (Realität), und das war durchgestrichen.

2) Den Vierzeiler konnte ich halbwegs entziffern. Seit wann reimen Sie?! Herr Firneis, gereimte Gedichte entsprechen den Anforderungen der Zeit nicht. So was kann ich nicht verkaufen! Der Letzte, der in Reimen schrieb, war meines Wissens Klopstock, und der ist mindestens seit Jahrhunderten tot! Na gut, lassen wir noch Kästner gelten. Wenn Sie jetzt sagen, Sie wollen einen Retro-Band herausgeben, mit Haikus, Sonetten, Oden und Balladen, dann muss ich Ihnen sagen, da sind Sie zu alt dafür. Eine gutaussehende Zwanzigjährige mit einem gereimten Sonett, das lässt sich vermarkten, aber Sie! Firneis! Sie dürfen nicht reimen! Stellen Sie sich mal vor, was Sie im *Spiegel* und in der *Süddeutschen* über sich lesen würden. Tun Sie mir und vor allem sich das nicht an!

3) Zu Ihrem Satz: »Das, was mich am meisten daran hindert, in der Glückseligkeit des Seins aufzugehen, sind Worte.« Mit dem Halbsatz davor haben Sie ziemlich ins Schwarze getroffen, Firneis, nämlich: »Vielleicht hören Sie das als meine Verlegerin nicht gerne.« In der Tat, ich höre das nicht besonders gerne. Erstens denke ich als Ihre erste Lektorin, dass als adäquate Mehrzahl von Wort diesfalls »Wörter« zu gebrauchen wäre. Und zweitens wünsche ich Ihnen natürlich jede erdenkliche Glückseligkeit, aber können Sie die nicht anders erreichen als durch die Verbannung von Wörtern? Überlegen Sie

mal, lieber Alfred – Sie schreiben sehr gut. Und außer Schreiben können Sie nichts.

4) Schon viel besser gefällt mir diese Mara. Diese Frau scheint ja hoch interessant zu sein, und fast bin ich ein wenig eifersüchtig, lieber Fred. Jedenfalls scheint mir das ein sehr inspirierender, positiver Kontakt zu sein. Sie können Mara von mir aus gerne einladen, öfter in der Hütte zu übernachten. Wenn Sie das denn überhaupt wollen. Irgendwie wirken Sie sehr distanziert. Spiegelt diese Distanz zu Mara nicht vielleicht Ihre Distanz zu sich selbst? Oder liegt in Ihrer Interesselosigkeit eine gewisse Koketterie? Wenn ich Ihnen einen Tipp geben darf: Eine gewisse Unnahbarkeit wirkt zwar sexy, ABER: Wir Frauen mögen es dann auch wieder ganz gerne, wenn man Interesse an uns zeigt. So ab und zu ein kleines aufblitzendes Interesse, das ist wie ein Leuchtturm, der uns zeigt, dass unser Schiff noch auf Kurs ist. Bei allzu großer Neutralität unserer lieben männlichen Mitmenschen neigen wir schnell dazu, uns als Wrack zu fühlen. Bei fortgesetzter Interesselosigkeit als Strandgut.

5) Grüßen Sie Aisha und genießen Sie die schöne Zeit!

Mit den besten Grüßen und Wünschen aus Berlin, Ihre Susanne Beckmann

PS: Ich habe übrigens für Sie gegoogelt. Alfred bedeutet so viel wie *Der von Elfen Beratene* oder *Elfenfürst*.

Das PS rührte an Freds Herz. Der Rest des Briefes we niger.

»Grüße«, sagte Fred zur Hündin, die gerade von der Inspektion der Pflanzen zurückkam. Er bemerkte, dass sie immer noch ein wenig hinkte.

»Nächstes Mal, wenn's so regnet, gehst du bitte Schnecken klauben, ja?«, blaffte August.

»Meine Verlegerin zickt mich an und du auch. Scheint ein toller Tag zu werden«, sagte Fred und suchte sogleich Trost bei Aisha, die sich bereitwillig streicheln ließ und ihm hingebungsvoll die Hand ableckte.

»Ist der Wanderweg hinten beim See in Schuss?«, fragte August.

»Keine Ahnung. Ich kenne ihn nicht.«

»Ist eh klar. Sonst hättest du auch nicht versucht, über die Steilwand von hier wegzukommen. Komm, Aisha.« Der Hüne und die Hündin machten sich auf, den Zustand der Wege nach den Regenfällen zu kontrollieren, denn auch das gehörte zu den Aufgaben eines Försters. Augusts Haare standen – von hinten gesehen – wie kleine Hörner in die Höhe. Macht ja nichts, dachte Fred, jeder kann mal einen schlechten Tag haben.

Er holte all die Seiten aus der Hütte, die er an seine Verlegerin geschrieben hatte, und überflog sie schnell. Er hatte Susanne in erster Linie über Regen und Elfen geschrieben. Sollte er ihr diese merkwürdigen Zeilen überhaupt schicken? Sie würde sich ja doch nur über ihn lustig machen. Andererseits: Bei allem, was er ihr schon geschrieben hatte, war es auch schon egal. Er steckte also das Zettelwerk in ein Kuvert, beschriftete es und legte den Brief in Augusts Gefährt. Fred wollte sich die Reise in den Ort ersparen. Was weniger mit Bequemlichkeit zu tun hatte als mit der Sorge, Mara zu verpassen. Eine kleine Seepromenade konnte nicht schaden. Vielleicht forschte sie in einer anderen Bucht?

Fred fand den Wanderweg, von dem August gesprochen hatte, und wunderte sich, wie er ihn hatte übersehen können. Der Weg schlängelte sich manchmal direkt am Wasser entlang, manchmal stieg er auf Felsen über das Ufer hinauf, manchmal ruhte er im schattigen Wald. Die Erde dampfte und roch sehr erdig. Fred hörte Aisha bellen. Aishas Gebell klang eigenartig. Nicht schalkhaft, wie Fred es kannte, wenn sie vor einem Mausloch kläffte, ahnend, die Maus damit wohl nicht zum Verlassen ihres Verstecks bewegen zu können. Das Bellen klang schrill und ängstlich. Fast panisch. Automatisch beschleunigte Fred den Schritt. Dann begann er zu laufen. Durch den Wald, hin zu den Felsen. Er musste aufpassen, nicht auszugleiten, denn die Steine waren sehr rutschig. Fred sah die schwarze Hündin, sie stand auf einem Felsvorsprung und bellte unaufhörlich Richtung Wasser. Irgendetwas stimmte nicht. In wenigen Schritten war Fred bei ihr und sah hinunter. August, mit Lederhose, Hemd, Jacke und seinen schweren Bergschuhen, strampelte im Wasser. Fred lachte.

»Du ausgerutscht! Das passt gar nicht zu dir!« Es sah zu komisch aus, wie hilflos dieser kräftige Mensch mit Armen und Beinen ruderte, dabei aber keinen Ton von sich gab als ein gepresstes Prusten. Sehr bald begriff Fred, dass es nichts zu lachen gab, aber da war August schon fast untergegangen. Fred streifte in Windeseile seine Schuhe ab und sprang in den See. Er brauchte kurz, um sich im Wasser orientieren zu können. August hatte den Kopf wieder über die Wasseroberfläche gebracht und schnappte nach Luft. Fred hatte keine Ahnung, wie er diesen Riesen packen sollte, aber da der Mensch in Notsituationen zum Glück nicht so lange überlegt wie bei der Bestellung im Restaurant, legte er ihm den Arm um den Hals, als ob er ihn erwürgen wollte, glitt unter ihn und versuchte, rückwärts schwimmend das rettende Ufer zu erreichen. Hier beim Steilufer, wo August in den See gefallen war, gab es keine Möglichkeit zu landen, und der flache Kieselstrand befand sich sicher in zwanzig oder dreißig Metern Entfernung. Auf halbem Weg glaubte Fred plötzlich, selbst ertrinken zu müssen. Das Ufer so weit entfernt – und seine Beine schafften es plötzlich nicht mehr, ihn über Wasser zu halten. Auch der rechte Arm, mit dem er paddelte, versteifte sich. Fred ließ August los und brüllte ihn an: »Halt doch still! Schlag nicht dauernd um dich!!«

Fred fasste ihn mit dem anderen Arm unter und holte tief Luft. August einfach ersaufen zu lassen war keine Möglichkeit, und die Klarheit dieses Gedankens mobilisierte noch einmal Freds Kräfte. Als er ihn über die Kieselsteine ans Ufer zog, keuchte er mehr als August. Aisha kam angelaufen und schleckte August über das Gesicht. Der lächelte schwach.

»Was ist los?«, frage Fred, als er wieder reden konnte. »War das ein Schwächeanfall? Oder hast du einen Infarkt? Hast du Schmerzen?«

»Es geht schon«, antwortete August.

»Warum bist du nicht zum Ufer geschwommen?«

»Geht schon.«

»Ist dir schwindlig? Hast du Kopfweh?«

»Ich muss ausgerutscht sein.«

»Aber warum schwimmst du nicht?«

»Ich kann nicht schwimmen.«

Erschöpft ließ Fred seinen Kopf auf den Boden sinken. So lagen die beiden Männer gut eine halbe Stunde nebeneinander am Ufer des Elbsees und starrten in den Himmel, dessen dunkles Grau sich ein wenig aufhellte.

Mara saß bereits auf dem Steg, als Fred und August langsam auf die Hütte zuwankten. Mara winkte. Fred winkte zurück. »Wir ziehen uns schnell was Trockenes an«, rief er Mara zu. »Wir waren ein bisschen schwimmen.«

In der Hütte gab Fred August ein trockenes Hemd. »Warum kannst du nicht schwimmen? Jeder kann doch schwimmen.«

»Meine Mutter wollte mir das Schwimmen beibringen, indem sie mich in den Elbsee geworfen hat. Ich war sechs Jahre alt, also schon sehr spät dran, hat sie gefunden. Aber ich war immer schon ein sturer Hund und bin einfach abgesoffen. Hab mich auf den Grund vom See gesetzt und gewartet, was passiert. Dann ist ein Fischweib gekommen und hat mich gerettet.«

»Ein Fischweib?«

»Eine Mischung aus Frau und Fisch. Also oben Frau und unten Fisch.«

»Aber nicht wirklich.«

»In meiner Erinnerung ist es wirklich. Meine Mutter behauptet, sie hat mich gerettet.«

August und Fred gingen auf den Steg. Mara legte ihren Block beiseite und stand auf. An diesem Tag sah sie aus wie eine Abenteurerin, in ihrer Hose mit den vielen Seitentaschen und dem karierten Wanderhemd. »Was ist pazziert?«

»Ich erzähl's dir später«, sagte Fred bescheiden.

»Ich muss wieder ins Büro«, sagte August.

»Büro?«, fragte Mara.

»Der Holzgroßhändler kommt«, brummelte August und wirkte fast wieder so missmutig wie vorher. »Genug gejammert. Grüß euch!«

»Die Nixe.« Fred deutete auf den Arm, den August grüßend erhoben hatte. »Das Fischweib, das dich gerettet hat? Deine Beschützerin?« August nickte, rief seinen Hund und ging.

Fred fühlte sich mit einem Schlag unfassbar müde.

»Ich glaube, mich hat das alles viel mehr mitgenommen, als ich gedacht habe«, sagte er und erzählte Mara, was passiert war.

August hupte in der Kurve, von der aus man noch einen Blick auf den See werfen konnte.

»Dieser Riesenmann abgesoffen wie ein Baby!« Plötzlich rannen Tränen aus Freds Augen. Mara nahm ihn in die Arme.

»Mein heulender Held«, sagte Mara, um etwas Lustiges zu sagen, weil sie sonst auch weinen musste. Sie weinte immer mit, wenn jemand weinte.

»Ach Mara«, sagte Fred, als er sich gefangen hatte. Ein Kuss lag in der Luft. Mangels Entschlusskraft blieb er dort schweben, unverwirklicht.

»Ach Fred«, sagte Mara, als der sich von ihr löste. Sie ließ ihre Hand auf seiner Schulter liegen.

Sie sahen ins Wasser zu Maras Fischen und beobachteten, dass immer wieder große Saiblinge in die Schwärme der Elritzen stießen, um zu jagen.

»Sie werden beim Lieben getötet«, sagte Fred.

»Das ist die Natur.«

»Und was ist unsere Natur?«, wollte Fred wissen. Die

Liebe ist auch für uns gefährlich, dachte er, wir rennen ins Verderben, getrieben von unseren geheimen Sehnsüchten. Sollen wir sie alle fallen lassen, weil sie unvernünftig sind? Oder nicht weise genug? Sind wir nicht auf der Welt, um diese Sehnsüchte zu *leben*, eben weil wir die Möglichkeit haben, sie zu leben? Oder sind wir im Gegenteil hier, um ihnen zu widerstehen, zu entsagen? Die Religionen sagen: Entsagen. Widerstehen. Die netteren Religionen sagen: Erkennen, dass es sich bei diesen Sehnsüchten und Wünschen um Illusionen handelt. Aber wie sollen wir das erkennen? Und wie sollen wir die Weisheit, etwas nicht zu tun, von der Feigheit, etwas nicht zu tun, unterscheiden?

»Ist die Natur der Liebe tödlich?«, fragte Fred nach.

»Die Natur der Mara ist, dazz sie Hunger hat«, sagte Mara.

»Ich mag hungrige Frauen. Wollen wir Raubfische fangen? Oder stört das deine wissenschaftlichen Versuche?«

»Die Laichzeit ist vorbei. Durch den Regen ist das Wazzer abgekühlt.«

In einem Eck des Holzschuppens lehnte eine Angel. In einem Einmachglas daneben fanden sie Bleigewichte und Haken. Mit einer Geschicklichkeit, die ihn selbst ein wenig überraschte, bereitete Fred die Angel vor. Mara fischte eine Elritze von der Wasseroberfläche, die die Anstrengungen der Fortpflanzung nicht überlebt hatte. Die Methode mit dem toten Fisch als Köder erwies sich als äußerst erfolgreich.

Obwohl das natürlich streng verboten war, entzündeten sie ein kleines Lagerfeuer am Seeufer. Den Revierförster kannten sie schließlich, und bei dem hatten sie etwas gut. Der Tag war windstill, aber grau geblieben, und so wärmten sie sich an den Flammen, während sie ihre Haselnusszweige, die als Fischspieß dienten, über dem Feuer drehten. Später aßen sie, mit den Fingern, und erzählten sich Lagerfeuergeschichten aus Kindheitstagen.

Doch die Freude währte nicht lange. Maras Stimmung schlug um. Sie blieb seltsam einsilbig.

»Alles gut mit dir?«, fragte Fred.

»Ich muzz fahren«, antwortete Mara.

»Du kannst gerne hierbleiben. Auch länger, wenn du willst«, sagte Fred.

»Ich bin nicht ich«, sagte Mara. Klang ihre Stimme anders?

»Ich bin auch durcheinander«, beruhigte Fred. »Und dass ich nicht ich bin, habe ich vor ein paar Tagen ganz deutlich gefühlt. Das Tolle daran ist, es stimmt. Das, was wir für unser Ich halten, ist ja nur die Abbildung des Blicks, den die anderen auf uns werfen. Mit der Zeit glauben wir, tatsächlich jene Person zu sein, für die uns die anderen halten. Wir glauben, die Rolle weiterspielen zu müssen, die die anderen für uns vorgesehen haben. Schlimmer noch, wir glauben, diese Rolle zu *sein*!«

»Genau das ist es, Alfred«, sagte Mara.

Als er sie »Alfred« sagen hörte, lief ihm ein kalter Schauer den Rücken hinunter. Mara stand auf.

»Sehen wir uns morgen?«, fragte Alfred.

Mara lächelte: »Bleib bitte sitzen. Ich hazze dramatische Verabschiedungen.« Sie reichte ihm die Hand, küsste ihn auf die Wange und hauchte etwas in sein Ohr, das sehr nett klang.

Dann lief sie allerdings blitzschnell den Pfad hinauf,

zu ihrem Moped. Von oben winkte sie noch einmal. Sie hatte Tränen in den Augen. Als Fred das sah, rannte er den Abhang hinauf. Aber da war sie schon weg. Sollte er ihr nachfahren? Aber nein. Keine Abschiedsszene. Keine Verfolgungsjagd. Alles war so leicht. So schwerelos. Was sollte schon sein?

Fred schwamm eine große Runde durch den Elbsee. In der glatten Wasseroberfläche spiegelten sich die hellen Felsgipfel, die Wolken, der schwarze Wald. Fred zog eine Furche durch das Wasser, die sich hinter ihm wieder schloss. Schön, dass man im Wasser keine Spuren hinterlässt, dachte er.

Als er auf dem Steg saß, um zu trocknen, dachte er an Mara, und sein Brustkorb weitete sich. Er hatte Sehnsucht nach Mara. Mara.

An diesem Abend begann Alfred Firneis wieder zu schreiben.

Er schrieb in vier Stunden acht lange Gedichte. Er trank ein Glas Wasser, atmete vor der Hütte einmal tief durch, dann überarbeitete er die Gedichte zwei Stunden lang.

Er trank ein Glas Wein, drehte sich eine Zigarette, las die Gedichte noch einmal.

Brauchbar, dachte er.

Vielleicht sogar richtig gut.

23. Juli

Elisabeth Halbig hatte die halbe Nacht mit sich gehadert. Sie war wütend gewesen und außerdem traurig, verzweifelt, sie hatte geflucht und geheult. Dann hatte sie wie bewusstlos geschlafen.

Jetzt, in der Früh, wusste sie genau, was zu tun war. Sie würde keine Mail schreiben, sie würde anrufen. Jetzt. Sofort.

»Hallo«, sagte Elisabeth, »hier spricht Lisi. Ich kann das nicht mehr. Ich schaff's nicht mehr ... Okay, in einer Stunde.«

Die hat auch nie Zeit, wenn man sie anruft, dachte Elisabeth-Lisi. Jedenfalls nicht für mich. Sie holte den Vertrag aus der Nachttischlade. Den Vertrag, der am Anfang der ganzen Misere stand. Er steckte in einer Klarsichtfolie. Der Vertrag war mit der Hand geschrieben. Obwohl sie den Inhalt genau kannte, las sie ihn noch einmal durch:

Vertrag
zwischen
Susanne Beckmann (Auftraggeberin)
und
Elisabeth Halbig (Auftragnehmerin)

1) Vertragsziel ist es, den Autor Alfred Firneis zum Verfassen von Gedichten zu bewegen.
2) Der Auftragszeitraum beläuft sich auf zehn Tage. Diese Frist kann nach Absprache verlängert werden.
3) Die Auftragnehmerin erhält eine Tagespauschale von Euro 100,– sowie den Ersatz der Reisespesen (Benzingeld, Übernachtung).
4) Falls der o. genannte Autor zwölf oder mehr Gedichte schreibt, wird ein Erfolgshonorar von Euro 50,– pro Gedicht fällig.

5) Die Auftragnehmerin verpflichtet sich, diesen Auftrag sowie die Identität der Auftraggeberin geheim zu halten.
6) Die Auftraggeberin verpflichtet sich, das Pseudonym der Auftragnehmerin (Mara) zu respektieren und ihre wahre Identität nicht preiszugeben.

Berlin, am 8. Juli, Unterschriften

Hätte ich das bloß nie unterschrieben, dachte Lisi. Aber sie hatten so viel und so gut geredet auf Susannes kleiner Dachterrasse, wo sie zwischen Lorbeerbäumchen und Rosmarinsträuchern mittendrin saßen im Himmel über Berlin. Gut, ich war ein bisschen beschwipst, dachte Lisi. Eine Ausrede, die sie ihrem Mann, der schon lange ihr Ex-Mann war, nie hatte durchgehen lassen.

Immerhin: Ich habe protestiert, dachte Lisi und sah aus dem Fenster auf die wiederkäuenden Kühe. Ich habe ihr gesagt: »Susanne, das ist die bescheuertste Idee, die ich je gehört habe.«

8. Juli

»Susanne, das ist die bescheuertste Idee, die ich je gehört habe.«

»Er hat eine Depression. Oder ein Burnout. Oder beides«, sagte Susanne. »Weißt du, Lisi, du musst es so sehen: Du rettest damit auch einen Menschen!«

An diesem lauen Juliabend erzählte Susanne Lisi alles,

was sie über Alfred Firneis wusste: von seiner Jugend in Wien, von seiner Mama im Altersheim, von seiner Ex-Freundin Charlotte, der Fernsehmoderatorin, die Lisi natürlich kannte, denn so lange war es nicht her, dass ihre Tochter den Kinderkanal geschaut hatte. Von Alfreds ungesundem Hang zu Wein. Von der zugemüllten Wohnung und dem Putzfimmel, der ihn in der Hütte erfasst hatte. Von seinen wunderbaren Gedichten. Von denen sie abhängig war. In erster Linie finanziell.

»Wir hatten einen solchen Erfolg mit seinen beiden Gedichtbänden, dass ich übermütig geworden bin. Ich habe keine Rücklagen gebildet. Ich habe einige Bücher rausgebracht, von denen ich wusste, die sind zwar gut, aber die wird kein Mensch kaufen. Dann kamen die Steuernachzahlungen und die Steuervorauszahlungen, gleichzeitig.«

»Frag deinen Bruder«, sagte Lisi. »Der ist doch reich.«

»Mein Bruder ist pleite wie ich«, antwortete Susanne. »Er hat das Werk von Generationen in den Sand gesetzt. Ich wenigstens nur mein eigenes.«

Lisi hatte Susanne noch nie so niedergeschlagen erlebt. »Das ist mein Lebenswerk, das da den Bach runtergeht«, sagte sie immer wieder. Und auch ihre beiden Angestellten und alle Autorinnen und Autoren, alle würden mit hinabgezogen. »Mein Bankberater redet immer von Krise und Klemme«, erzählte die Verlegerin. »Ich musste mich sehr zurückhalten, ihn nicht zu schlagen.«

Als Ersatzhandlung nahm sie einen großen Schluck Prosecco und zerbiss krachend zwei weitere Grissini. »Wenn ich ein neues Buch von Alfred Firneis bringe, bekomme ich jeden Kredit der Welt.«

»Das ist die bescheuertste Idee, die ich je gehört habe«, wiederholte Lisi. »Außerdem wird es nicht funktionieren, weil diese Dinge eben nicht so einfach funktionieren! Und das weißt du auch ganz genau.«

Wieder zerbiss Susanne zwei Grissini.

»Und bitte hör auf, so laut Grissini zu essen. Das macht mich nervös!«

»Das sind Dinkelgrissini«, antwortete Susanne entschuldigend.

»Die machen mich doppelt nervös!« Lisi fühlte sich unter Druck gesetzt. Drückerisiert, wie ihre Tochter gesagt hatte, als sie noch klein war.

»Hast du es mit einer Escortagentur versucht?«, fragte sie.

»Ich habe überlegt«, antwortete Susanne, »aber weißt du, was das kostet?«

»Ach so, ich bin die Billiglösung!«

»Aber nein! Die Frauen dort – die haben kein Niveau. Nicht so wie du! Bitte, Lisi!«

»Du drückerisierst mich!«, protestierte Lisi.

Susanne seufzte und steckte das soeben auserwählte Grissini wieder in das Glas zurück: »Nichts für ungut, Lisi. Du hast recht, es ist idiotisch. Ich sah eben keinen anderen Ausweg mehr. Es war eine Verzweiflungstat. Ich dachte, es würde dir vielleicht Spaß machen. Sozusagen die letzte Chance zu sein.«

Das war wieder einmal typisch Susanne, dachte Lisi. Sie hat eine Gabe, an der richtigen Stelle Druck rauszunehmen. Und zwar den ganzen Druck auf einmal. Dann wirst du wie von einem Vakuum hineingezogen und machst, was sie will, ohne es überhaupt zu bemerken.

»Dann genießen wir noch den schönen Abend hier«, seufzte Susanne. »Die Wohnung werde ich mir nämlich auch nicht mehr leisten können.«

Eine Flasche Prosecco später war es Lisi, die Grissini in sich hineinstopfte. Dinkelgrissini. Was hatte sie nicht alles gemacht in den letzten Jahren? Mal Salsa, mal Samba, mal Body-Workshop, mal Buddha-Retreat, Karma und Dharma, Craneosakrales und Pilates, Ausdruckstanz, Imagination, Improvisation, Naturgeister I, Naturgeister II, Bachblüten, Ayurveda, Stimmtraining, Atemseminar, Theater der Unterdrückten ... Fast nichts Menschliches und wenig Göttliches war ihr fremd. All das hatte ihren Horizont erweitert und ihre Geldbörse geleert.

Was Susanne ihr anbot, war im Prinzip ein Job wie jeder andere. Und jetzt, da ihre Tochter aus dem Haus war und ihr Ex-Mann keine Alimente mehr zahlte, brauchte sie jedes Zusatzeinkommen ganz dringend, auch wenn sie sich einigermaßen mit den regelmäßigen Einsätzen für ein großes, auf Filmcrews spezialisiertes Catering-Unternehmen über Wasser hielt. Sie war für Organisation und Anlieferung zuständig und mochte die Arbeit an der Schnittstelle zwischen Küche und Set. Der nächste Dreh startete erst Mitte August, und dieser Zwischen-Job kam ihr eigentlich gelegen.

Doch im Laufe langer Abende neigte Lisi dazu, sentimental zu werden, und sie hasste sich selbst, wenn sie ihre Mitmenschen mit dieser Mischung aus Selbstüberschätzung und Selbstmitleid überschüttete. Gerade wollte sie ansetzen, von ihrer Kindheit zu erzählen: »Und mein Bruder, der hat einfach alles richtig gemacht. Er ist Arzt geworden, wie Vater, Orthopäde, wie Vater, BMW-

Fahrer, wie Vater, doppelter Vater, wie Vater«, aber sie wusste schon, sie musste jetzt aufhören, denn sie hatte aus dem Buch »Jetzt und hier« gelernt, dass Selbstüberschätzung und Selbstmitleid die niedrigsten Äußerungen des Ego darstellten. Aber sie war nun leider bereits in Fahrt gekommen.

»Du hast es ja gut«, sagte Lisi. »Ich, ich wohne jetzt ganz alleine. Und ich habe kein Geld!«

Susanne antwortete gelassen: »Lisi, ich darf dich darauf aufmerksam machen, dass beides auch auf mich zutrifft.«

»Aber ich«, setzte Lisi nach, »ich bin von meiner Schauspielagentin aus dem Angebot der Agentur ausgemustert worden, mit den Worten: *Sie haben schließlich nichts davon, wenn Sie als Karteileiche geführt werden.*«

»Du hast es mir bereits erzählt«, seufzte Susanne.

Lisi schwieg beleidigt und dachte nach. Zugegeben, die Eckdaten ihrer Künstlerbiografie erwiesen sich bei näherer Betrachtung als relativ dürftig. In Wahrheit bedurfte es dazu keiner näheren Betrachtung. Man sah es aus weiter Ferne, Elisabeth Halbig aus Troisdorf bei Köln war eine Niete. Das, hätte Lisi losschluchzen können, ist das Einzige, was ich wirklich richtig kann: eine Niete sein.

Sprachen: Hochdeutsch, Kölsch

Ausbildung: Stimmtraining, Theater der Unterdrückten, Improvisation (3 Workshops), Atmung (Abschlussdiplom)

Bisherige Engagements: F. Schiller, Kabale und Liebe, Rolle der Luise

(Es stand nicht dabei, wann sie diese Hauptrolle der Weltliteratur verkörpert hatte, und auch nicht, dass es sich bei dem Aufführungsort um den Turnsaal des nach dem Dichter benannten Gymnasiums gehandelt hatte.)

Weitere Rollen: Apachin in »Winnetou III« bei den Karl-May-Festwochen in Bad Winzenberg. (Es wurde weder erwähnt, dass es sich um eine stumme Rolle handelte, noch, dass Lisi eine von etwa zwanzig Apachinnen war, sowie, dass es die Hauptaufgabe dieser Apachinnen darstellte, leicht bekleidet für einen gewissen erotischen Touch der Indianerproduktion zu sorgen.)

Die Rubrik *Film/Fernsehen* fehlte komplett im Agenturprofil von Elisabeth Halbig aus Troisdorf bei Köln.

All das erwähnte Lisi aber nicht. Selbstmitleid ist peinlich, unproduktiv und weckt bei allen anderen kein Mitleid, sondern allenfalls Aggression, so viel hatte sie schon gelernt.

»Kann ich noch ein letztes Glas haben?«

An der Art, wie Susanne nickte, merkte Lisi, dass es bald an der Zeit war zu gehen. Eigentlich, dachte Lisi, während sie sich einschenkte, wäre es einfach nur blöd, Susannes Angebot abzulehnen. Das Engagement war kurz, ohne Erfolgszwang, menschlich interessant und an der frischen Luft. Und vielleicht sogar mit so etwas wie Selbstverwirklichung verbunden. Sie konnte die Schauspielerei wieder üben, Geld verdienen und vor allem: Sie würde eine gute Tat tun. Für ihre Freundin Susanne, aber auch für diesen Dichter, und letztendlich für die ganze Menschheit, der sie als Muse indirekt zu unsterblichen Gedichten verhelfen würde. Außerdem, das hatte sie bei dem letzten Seminar mit dem Titel »Lass deine Kraft fließen« gelernt, blockiert es deine Energie, wenn du dich im Widerstand zum Leben befindest.

Lisi stand auf und sagte: »Ich mach es!«

Susanne schien geradezu überrumpelt: »Wie ist das jetzt passiert?«

»Ich habe nachgedacht.«

»Denk lieber noch einmal drüber nach.«

»Nein«, sagte Lisi bestimmt. »Lass uns einen Zettel schreiben, damit ich mich auch morgen noch daran erinnern kann.«

»Lass dir Zeit«, meinte Susanne. »Überschlaf das in Ruhe. Die Mission beginnt ohnehin erst in einigen Tagen.«

»Nein. Ich kenne mich. Ich brauche das schwarz auf weiß.«

Also setzten die beiden Freundinnen den Vertrag auf, mehr aus Jux denn aus Notwendigkeit, kopierten ihn in Susannes Drucker und unterschrieben ihn.

Lisi umarmte ihre Freundin zum Abschied und gönnte sich ausnahmsweise ein Taxi, um in ihre zu groß gewordene Wohnung in der Nähe des alten Flughafens Tempelhof zu fahren.

12. Juli

»Wie heißt dein Fachgebiet?«

»Ich bin Biologin und Ozeanologin.«

»Genauer?«

»Gewäzzerforscherin.«

»Genauer?«

»Binnengewäzzer.«

»Fachausdruck?«

»Limnologie. Ich bin Limnologin.«

Das Wort kam Lisi auch nach dreitägigem Üben immer noch nicht ohne Zungenschlag über die Lippen.

»Schrecklich. Es klingt, als würde ich lallen. Lllimnollogie. Llllimmmnolllogie.«

»Entspann dich«, beruhigte Susanne. Sie fand Freude daran, Lisi als Coach und als Regisseurin zur Verfügung zu stehen. Als Bühne diente das Wohnzimmer ihrer Hauptdarstellerin. Das brachte für Susanne den Zusatzvorteil, nur am Vormittag im Verlag zu sein, den drängenden Anrufen der Autoren und den vorwurfsvollen Blicken der Mitarbeiterinnen entgehen zu können.

Susanne dachte daran, wie sie Lisi kennengelernt hatte. Es war bei der ersten Probe zur Aufführung einer Dramatisierung von »Nebelschatten« gewesen. »Nebelschatten« war jener Roman aus der Liste ihres Verlags, der sich für eine Dramatisierung zweifellos am schlechtesten eignete. Deshalb war Susanne der Einladung zur Leseprobe gefolgt. Sie wollte ihre Autorin vor einem Fiasko bewahren, was sich in der Folge als unmöglich erwies. Aber das Zurückziehen der Aufführungsrechte hätte in der Branche wohl mehr Wirbel verursacht als die Aufführung Schaden, und so ließ Susanne das winzige Off-Theater walten. Die Leseprobe überstand sie jedenfalls nur dank Lisi, die sich ständig über Marotten von Schauspielern lustig machte. Das konnte Lisi gut, weil sie die Marotten selbst hatte, aber gleichzeitig die Intelligenz, sie zu erkennen.

Als sie beispielsweise vom Regisseur unterbrochen wurde, warf sie ihr Manuskript mit der enervierten Handbewegung einer Diva von sich und schleuderte »Kinder, unter solchen Umständen kann ich nicht arbeiten!« in die

Runde, was großen Effekt machte. Sie lehnte es bereits im Vorfeld ab, den ihr zugeteilten Rollennamen Uschi zu akzeptieren. (»Warum nicht gleich Muschi?«) Am meisten musste Susanne lachen, als Lisi, nachdem sie ihren ersten Satz ohne Unterbrechung vom Papier abgelesen hatte, ergriffen in die Runde blickte und fragte: »War ich gut?«

Nach Probenende gingen Susanne und Lisi in dieselbe Richtung. Sie sprachen übereinstimmend von Hunger und einigten sich sehr schnell auf ein Thai-Lokal mit günstigen Mittagsmenüs. In der Folge widerlegten sie die Regel, wonach man ab dreißig keine neuen Freunde mehr gewinnt. Es spielte auch keine Rolle, dass Lisi jünger war als Susanne. Susanne kannte viele jüngere Menschen. Das brachte ihr Beruf mit sich. Das hielt sie auch selbst jung.

Sie sahen einander in regelmäßigen Abständen. Susanne rief Lisi an, um sich auszuweinen, als ihr Vater gestorben war. Lisi rief Susanne an, um sich auszuweinen, als ihre Tochter ausgezogen und sie allein in der Wohnung zurückgeblieben war. Im Sommer fuhren sie gemeinsam an den Müggelsee schwimmen und nach Stralsund Fisch essen. Von ihren Männergeschichten erzählten sie einander immer, außer die Episode war sogar dafür zu peinlich. Was dieses ebenso schöne wie leidige Kapitel betraf, schlugen ihre Herzen im Gleichklang. Die Sehnsucht nach Freiheit und Unabhängigkeit war bei beiden um einen Hauch ausgeprägter als jene nach der Geborgenheit einer festen Beziehung. Meistens jedenfalls.

»Atme. Flüstere. Limnologie. Und vergiss nicht deinen tschechischen Akzent.«

»Wir haben doch gesagt, ich bin Slowakin!«

»Ich fürchte, diese Unterscheidung werde ich nicht mehr in mein Leben integrieren können.«

»Solltest du aber!«

»Ich weiß. Und woher kommst du?«

»Aus Troisdorf, aus der Kölner Gegend, weißt du doch.«

»Nee. In der Rolle.«

»Natürlich.« Lisi memorierte dienstfertig. »Zvolen. Stadt in der Mittelslowakei. 42.000 Einwohner. Renaissance-Kirche, barocke Häuser auf dem Hauptplatz, Technische Universität, Institut für Limnologie. Nähe zum Tatra Nationalpark.«

»Okay«, sagte Susanne. »Und jetzt gehen wir noch mal deine Sprache durch. Die Sache mit dem Doppel-s- und scharfes-ß-Fehler ist doch süß, nicht wahr?«

»Süz«, bestätigte Lisi. Um nach einer kurzen Pause hinzuzufügen: »Vielleicht auch vollkommen bescheuert. Wozu mache ich mir die Mühe?«

»Welche Mühe?«

»Mit dem ausländischen Akzent. Und dem slowenischen Lebenslauf. Ich meine, mit dem slowakischen Lebenslauf. Wozu das alles?«

»Weil es die Rolle interessanter macht. Erstens für Alfred, weil du dann eine fast exotische Frau bist. Und zweitens für dich, weil du dich mehr aufs Spielen konzentrieren musst.«

»Ich weiß nicht.«

»Lisi, wenn du eine deutsche Forscherin bist, wird er dich besuchen wollen! Er wird deine Telefonnummer verlangen! Er wird auf Unis nachforschen können und die Sache ganz schnell aufdecken!«

»Das stimmt.«

»Slowakei ist viel besser. Da kennt er sich nicht aus. Und Sprachen kann er auch nicht.«

»Du hast sicher recht.«

»Also: Dein Name ist?« Susanne wählte den Schnellfragetest.

»Mara.«

»Du arbeitest über?«

»Fische.«

»Genauer?«

»Irgendwas mit Ritzen.«

»Elritzen.«

»Das merke ich mir nicht!«, rief Lisi aus.

»Fred wohnt in einer ...«

»Klazze Hütte.«

»Du wirst ihn nicht ...«

»Küzzen.«

»Dein Name ist?«

»Mara.«

»Deine Fische heißen?«

»Elritzen. Warum darf ich ihn nicht küzzen?«

»Du darfst, was du willst. Hauptsache, er schreibt.«

»Ich werde ihn nicht küssen«, sagte Lisi bestimmt. »Es ist eine Rolle, und ich bin ein Profi.«

»Die Einstellung gefällt mir.«

»Ich hab trotzdem irgendwie Angst.«

»Was soll schon sein?«

»Weiß nicht. Zum Beispiel verstehe ich Freds Gedichte nicht.«

»Erstens musst du sie nicht verstehen«, sagte Susanne, »und zweitens versteht er sie selber nicht.«

»Sei nicht albern.«

»Nein, er hat das wirklich gesagt. Ein Gedicht, hat er gesagt, ist nicht dazu da, verstanden zu werden. Jedenfalls nicht mit dem Verstand.«

»Oh, oh, du meinst, man sieht nur mit dem Herzen gut.«

»Er hat es so erklärt: Versuch einmal, einen Apfel einfach nur anzuschauen. Ohne ihn zu bewerten – die Haut ist runzlig, ist der Bio oder gespritzt … ohne zu benennen – giftgrün, das müsste ein Granny Smith sein, oder ist das eine Art von Golden Delicious? Probier das mal, hat er gesagt. Und wenn du es mit einem Apfel geschafft hast, dann versuche es mit den Worten eines Gedichts. Lies sie laut. Lass sie klingen. Versuche nicht, sie zu verstehen. Lass sie wirken.«

»Das klingt spannend!«

»Ja, das war in der Zeit, als er noch geschrieben hat.«

»Ich werde es nicht schaffen!«

»Doch! Und du kannst mich jederzeit anrufen!«

»Und welches Kostüm soll ich tragen? Ich meine, was soll ich bloß anziehen?«

Susanne und Lisi suchten gemeinsam ein gelbes Sommerkleid aus und eine Forscher-Kluft mit Cargo-Hose und zwei schöne Bikinis. Außerdem hatte Susanne das »Große Handbuch der vergleichenden Verhaltensforschung« für Lisi besorgt.

Lisis Zustände wechselten zwischen leichter Euphorie und schweren Zweifeln: »Ich leg ihn rein. Ich hau ihn übers Ohr. Ich betrüge ihn.«

Susanne konterte: »Du führst ihn zu sich selbst. Du befreist ihn. Du rettest ihn.«

»Damit beginnen immer Katastrophen«, sagte Lisi. »Damit, dass man wen retten will.« Als sie sich am nächsten Tag ins Auto setzte, um nach Grünbach im Elbtal zu fahren, konnte sie die unangenehme Vorahnung nicht ganz abschütteln, sie würde recht behalten.

23. Juli

Obwohl die Sonne schien und die Kühe bereits ihre Siesta hielten, traute sich Lisi nicht, das Pensionszimmer zu verlassen. Sie wollte Fred nicht begegnen. Sie musste jetzt cool bleiben. Die Kurve kratzen. Die Notbremse ziehen.

Lisis Handy läutete. Auf dem Display Susannes lachendes Gesicht. Da gibt es nichts zu lachen, dachte Lisi, als sie abhob. Sie erzählte ihrer Auftraggeberin in allen Details, was am Vortag vorgefallen war. Alles andere hatte sie schon erzählt, die Übernachtung auf der Hütte und wie liebevoll Fred für sie gekocht hatte. Sie hatte von Freds Unwillen zu schreiben erzählt, Augusts Erscheinen geschildert, und sie war nicht müde geworden zu betonen, wie stolz sie auf sich war, weil sie ihre Rolle so gut gespielt hatte. Fred hatte ihr gefallen, jeden Tag, jede Stunde besser.

»Als er auf dem Steg stand und weinte … da habe ich mich in ihn verliebt. Schrecklich und unwiderruflich verliebt.«

»Ein flennender Mann ist nicht sexy«, wandte Susanne ein.

»Er war sexy!« Lisi unterdrückte ein Schluchzen. »Er hat vorher ein Menschenleben gerettet. Unter Einsatz seines eigenen Lebens! Wie ein Held stand er da, überwältigt von seinen Gefühlen.«

»Na und? Du hast dich in ihn verliebt.«

»Aber er sich nicht in mich!«

»Vielleicht schon.«

»Woher willst du das wissen?«

»Aus seinen Briefen.«

»Zeig sie mir!«

»Nein!«

»Was hat er über mich geschrieben?«

»Für seine Verhältnisse hat er regelrecht geschwärmt.«

»Er hat sich nicht in mich verliebt. Er hat sich in Mara verliebt. Ich bin aber Elisabeth Lisi Halbig.«

»Na und?«

»Ich will, dass er in mich verliebt ist!!«

»Wozu?!«

»Er ist ein Mann fürs Leben.«

»Jetzt übertreibst du aber gewaltig.«

»So viele solche Männer werde ich nicht mehr kennenlernen! Ich habe mich einem männlichen Menschen noch nie so verbunden gefühlt. So innig verbunden!«

»Und wenn es so wäre: Was ist schlecht daran?« Susanne klang jetzt schon leicht genervt. Auch Lisi erhob die Stimme: »Ich kann dir sagen, was schlecht daran ist! Schlecht daran ist, dass es sich um Betrug handelt! Ich habe ihn reingelegt. Wir haben ihn reingelegt! Du bist die Zuhälterin, und ich bin die Nutte, die ihn aufs Kreuz gelegt hat.«

»Ich dachte, ihr habt nicht miteinander geschlafen.«

»Haben wir auch nicht. Ich bin ja keine Nutte!«

»Ich bin auch keine Puffmutter. Und jetzt hör mir mal

zu, Lisi: Komm langsam wieder runter. Du kennst unsere Abmachung. Fred wird es nie erfahren. Nie.«

»Das ändert nichts daran, dass ich ihn reingelegt habe.«

»Vertraust du mir nicht?«

»Es geht um mich! Ich kann ihm nie wieder in die Augen sehen! Ich kann doch jetzt nicht einfach zu ihm gehen und sagen: Hallo, ich heiße gar nicht Mara, war nur 'n kleiner Witz, in Wahrheit bin ich die Lisi aus Troisdorf, ich bin auch keine erfolgreiche Forscherin, sondern eine unerfolgreiche Schauspielerin, meine Tochter hat mich soeben verlassen, deren Vater habe ich vor Ewigkeiten verlassen, und was ich mir vom Leben erwarte, bevor mich eine Krankheit dahinrafft, sind ein paar gelungene Fernsehabende!«

»Lisi, es ist schrecklich, wie du übertreibst.«

»Du hast leicht reden!«

»Na klar hab ich leicht reden! Heute haben sie mein Bücherlager gepfändet!«

»Das geschieht dir recht!«

»Beruhige dich!«, befahl Susanne. »Atme!«

»Ich will aber nicht atmen!«

»Dann erstick eben!«

Tatsächlich hatte Lisi das Gefühl, keine Luft mehr zu bekommen. Susanne hatte aufgelegt. Lisi lief schluchzend im Zimmer auf und ab, was bei den Dimensionen des Zimmers keine echte Erleichterung brachte.

Sie öffnete das Fenster und beobachtete die Kühe, die einen unfassbaren Gleichmut ausstrahlten. Das ärgerte Lisi. Denen war einfach alles egal! Aber dann versuchte sie, bewusst zu atmen, schließlich hatte sie darin ein

Diplom. Den Kühen ist nicht alles egal, sagte sie sich. Nein, die Kühe ruhen in sich. So wie der Berg. Der Berg ist immer der gleiche. Er steht da, unverändert, unverwundet. Ob es regnet, schneit, ob es stürmt: Der Berg verändert manchmal seine Erscheinungsform. Aber es ist immer derselbe Berg.

Ruhe strömte durch Lisis gesamten Körper. Der Berg. Der Berg zu dessen Füßen ein See lag an dessen Ufer eine Hütte stand auf deren Holzbank Fred saß und auf sie wartete. Fred! Alfred Firneis!

Ruhig, Elisabeth. Atme.

Mich nervt das Atmen!

Ruhig, Elisabeth. Gedanken kommen, Gedanken gehen. Lass sie ziehen.

Lass mich in Ruhe mit dieser ganzen Meditations-Scheiße!

In deinem Herzen geht die Sonne auf. Sie zaubert ein Lächeln auf deinen Mund.

Oder auch nicht.

Die Sache mit der Ruhe wollte einfach nicht gelingen.

Lisi setzte sich mit einem Stoßseufzer an das Katzentischchen in ihrem Zimmer. Sie nahm ihren Schreibblock und den Kugelschreiber, überblätterte ihre ganzen Pseudo-Notizen über das Verhalten von Fischen und begann, eine Liste zu schreiben. Den Trick mit den systematischen Listen hatte sie von Susanne, nur schaffte Lisi es selten, systematisch zu bleiben, und so endeten ihre Listen regelmäßig im Chaos.

»Fakten«
1) Ich bin verliebt in Alfred Firneis.
2) Das ist ein Problem, weil ich nicht ich (Lisi) bin, sondern Mara.
3) Warum muss ich mich ausgerechnet in einen Mann verlieben, wenn ich nicht ich bin?!

Punkt drei strich Lisi wieder durch. Das gehörte nicht zu den Fakten. Sie überlegte noch, aber weitere nennenswerte Tatsachen fielen ihr nicht ein. Also schrieb sie einen zweiten Titel auf die Seite: »Möglichkeiten und Folgen«

1) Ich gehe zu Fred und sage ihm die Wahrheit. Ich sage ihm, ich bin nicht Mara, sondern Lisi. Ich sage ihm, seine Verlegerin hat mich bezahlt, aber ich bereue alles sehr und liebe ihn fortan als Lisi.

»Folgen«
a) Fred könnte sehr verletzt sein über diesen Missbrauch des Vertrauens. Verletzt von Susanne und von mir.
b) Fred verzeiht mir und liebt mich auch. Dann könnten wir Susanne alles erklären. Oder wir verpassen Susanne gemeinsam einen Denkzettel, weil sie so doofe Ideen hat.
c) Fred bin ich egal. Er ist sauer auf Susanne, und sie auf mich.

2) Ich behalte alles für mich und reise ab. Ich verschwinde einfach, ohne Fred etwas zu sagen. Vorteil: Ich verletze den Vertrag nicht und wahre mein Gesicht.

Folge: Ich werde Fred nie wiedersehen. Folge: Das kränkt mich und wahrscheinlich auch Fred.

Lisi dachte weiter nach. Aber es fiel ihr nicht mehr viel ein. Außer:

»Unmögliche Möglichkeiten«
1) Ich bin ab jetzt Mara aus Zvolen in der Mittelslowakei. Ich könnte immer wieder auf Dienstreisen nach Berlin oder nach Grünbach kommen, ganz egal. Und falls Fred einmal meine Familie kennenlernen will, muss ich das entweder verhindern oder für ein paar Tage eine Familie chartern. Vorteil: Ich kann in Freds Nähe bleiben. Nachteil: Ich betrüge ihn weiter und verstricke mich immer tiefer. Außerdem sehr anstrengend.
2) Ich könnte sagen, Mara ist meine Zwillingsschwester, die jetzt nach Zvolen zurückgekehrt ist. Aber ich, Lisi, habe nun Zeit für Fred und übernehme die Schicht. Nachteil: Wenig glaubwürdig.
3) Ich könnte so tun, als wäre ich unter Drogen gewesen oder hätte eine kurzfristige Bewusstseinsspaltung erlitten. Ich könnte vorschützen, mich gar nicht an Mara erinnern zu können. Nachteile: Wird er Lisi auch mögen? Ist Mara nicht die viel bessere Lisi? Ist eine Bewusstseinsspaltung sexy?

Das Schreiben machte Lisi ruhiger. Schreiben beruhigte sie schon seit ihrer Kindheit. Da war sie Fred ganz ähnlich. Überhaupt, Fred! Fred ...
Was würde Fred weniger verletzen – der schnöde Betrug oder das wortlose Verschwinden? Zweifellos das

Verschwinden, dachte Lisi. Sie musste weg, so weh es auch tat. Die eigene Liebe zu opfern aus Liebe zu Fred: Das blieb die edelste Möglichkeit. Die einzige Möglichkeit.

»Zusammenfassung«
Ich muss meinen Fehler büßen, indem ich auf die Liebe zu ihm verzichte, und zwar aus Liebe zu ihm.

Lisi packte hastig ihre Sachen zusammen. Das gelbe Kleid. Den schwarzen und den weißen Bikini. Den Schreibblock. Ihrer verwunderten Zimmerbesitzerin erzählte sie etwas von einem wichtigen Termin in Berlin. Sie bedankte sich für das schöne Zimmer und für das Moped. Sie setzte ihre Sonnenbrille auf und duckte sich so tief wie möglich unter das Lenkrad ihres kleinen, roten Peugeot.

Sie atmete nicht erleichtert auf, als sie das Schild »Auf Wiedersehen in Grünbach« sah, denn sie wäre eigentlich sehr, sehr gerne von Fred Firneis entdeckt, überrascht und an der Flucht gehindert worden. Aber es durfte kein Zurück geben.

Sie musste dieses Opfer bringen.

Auch wenn es Fred vielleicht verletzte – sie musste aus seinem Leben verschwinden, um ihn vor der noch gröberen Verletzung durch die Wahrheit zu behüten.

24. Juli

Warum immer mir? Warum immer dasselbe? Fred hatte mit dem Haus- respektive Hüttenputz begonnen, aber das euphorische Gefühl vom ersten Mal wollte sich nicht und nicht einstellen.

Es gibt zwei Dinge, die wirklich schlimm für mich sind, dachte Fred, während er auf dem Boden kniete und den Holzboden schrubbte:

Das eine ist, wenn mich jemand belügt. Das macht mich wütend, aber wenigstens nur wütend.

Das andere ist, wenn jemand plötzlich verschwindet. Das macht mich hilflos. Das bringt mich fast um.

Die Urangst, verlassen zu werden, war für Fred ein jederzeit abrufbares Gefühl. Und eines noch dazu, das in seinem Leben ständig wiederkehrte. Fred zerstritt sich mit niemandem. Fred brach aus keiner Beziehung aus. Fred wurde verlassen. Von seinem Vater. Von seinem Freund Kurt, mit dem er als Kind jede freie Minute verbracht hatte, und der plötzlich nicht mehr mit ihm spielen wollte. Von seiner ersten Liebe Nadia, mit der er ein Rendezvous bei der Bushaltestelle hatte, und die kühl winkend davonfuhr, während Fred dem Bus nachlief. Von seiner zweiten Liebe Kathi, die – aus seiner Sicht völlig grundlos und ohne eine Erklärung abzugeben – von einem Tag auf den anderen nichts mehr mit ihm zu tun haben wollte. »Bist du eh nicht böse?«, diese Frage hörte Fred dann manchmal Jahre später, und dieses indirekte Eingeständnis, sich mies verhalten zu haben, machte es um nichts besser.

Zuletzt hatte ihn Charlotte verlassen. Eines Tages war sie plötzlich weg. Und sosehr er auch sich selbst dafür verantwortlich machte, und sosehr er das Muster aus Ängsten und deren permanenter Wiederkehr durchschaut hatte, so sehr schmerzte es doch jedes Mal.

Plötzlich ganz allein dastehen. Seit mein Vater sich aus meinem Leben verabschiedet hat, lebt diese Angst in mir, dachte Fred, während er sich nun mit einer Drahtbürste am Tischherd zu schaffen machte. Für ein achtjähriges Wiener Kind der siebziger Jahre befand sich Berlin auf einem anderen Kontinent, hinter dem Eisernen Vorhang. Und auf der anderen Seite befand auch ich mich, und manchmal glaube ich, immer noch da zu sein, hinter dem Eisernen Vorhang. Wenn meine Mutter mal später vom Einkaufen zurückkam, weil sie irgendwen getroffen hatte und noch auf einen Kaffee gegangen war, bin ich zu Hause fast vor Angst gestorben. Mir war ganz klar, dass ich nun alleine bleiben würde, sie hatte sich sicher auch aus dem Staub gemacht, oder war unter ein Auto gekommen oder ermordet worden, in einem Keller gefangen, die Polizei würde mir die traurige Nachricht überbringen oder die Verbrecher würden anrufen oder die Leute vom Kinderheim, die mich abholen, sie würden mir sagen, deine Mama kommt leider nicht wieder, sie ist weg, sie ist fort, sie ist tot, für immer, auf ewig, und ich konnte nichts mehr denken und nichts mehr tun, ich war sogar zu starr zum Heulen, ich saß einfach nur da, mit eiskalten Händen und eiskalten Füßen, und im Kopf war auch kein Blut. Erst als ich die Schlüssel an der Wohnungstür schleifen hörte, das Abstellen des Einkaufskorbs im Vorzimmer, da begannen mir die Tränen heiß über die Wangen zu laufen, ich wischte sie weg und lief hinaus, umarmte Mama, sie war so weich und warm und lebendig. Da. Für mich. Um mich.

»Was ist los?«, fragte sie.

»Nichts«, sagte ich.

Sie fragte nie nach, warum ich weinte. Das Gefühl des Alleinseins kehrte wieder, auch wenn ich nicht alleine war. Alleinsein ist nicht das richtige Wort. Getrenntsein. Getrennt von allem. Würde keiner von mir glauben. Wo ich doch so witzig bin!

Fred wischte die Gedanken im wahrsten Sinne des Wortes beiseite. Er war jetzt bei den Fenstern angelangt. Er hielt kurz inne und sah auf den See. Dort, auf dem Steg, waren sie vorgestern noch gelegen. Er hatte geglaubt, Mara würde ihn auch mögen. Anscheinend war dem doch nicht so. Gestern hatte er den ganzen Tag auf sie gewartet. Heute wartete er nicht mehr. Mara würde nicht mehr kommen. Sie war weg. Fred spürte so etwas.

Plötzlich hörte er ein Motorengeräusch. Vielleicht hatte er sich diesmal geirrt! Fred sprang vor die Hütte. August kam ihm entgegen. In der Hand trug er eine riesige Seite Speck. Er drückte sie Fred in die Hand.

»Danke«, sagte August schlicht.

»Wäre nicht nötig gewesen«, meinte Fred. Verlegen streichelte er Aisha.

»Was ist«, fragte August, »rauchst du nicht mehr?«

»Schon«, antwortete Fred ertappt. Mit diesem August war man immer in der Defensive. Außer, wenn man ihm mal das Leben rettete. Aber die Gelegenheit ergab sich zweifellos nicht sehr oft.

Sie setzten sich an den Tisch vor der Hütte, drehten ihre Zigaretten und rauchten.

»Die meisten Menschen leben so, als ob sie nie sterben würden. Und sie sterben so, als ob sie nie gelebt hätten«, sagte August.

Fred ließ den Satz einwirken und nickte. Dann sagte

er: »Du kannst einem aber auch verdammt auf die Nerven gehen mit deinen alpinen Lebensweisheiten.«

August lachte. »Na endlich bist du einmal ehrlich! Ich hab schon geglaubt, du kommst nie drauf, wie lästig ich bin. Wo ist eigentlich deine Freundin?«

»Welche Freundin?«

»Na komm, tu nicht so. Deine Nixe. Dein Fischweib.«

»Sie ist nicht meine Freundin. Und ich weiß nicht, wo sie ist.«

»Ui, habt's ihr gestritten?«

»Nein.«

»Habt's ihr wenigstens Sex gehabt?«

»Das geht dich nichts an.«

»Interessiert mich trotzdem.«

»Nicht einmal ein bisschen.«

»Dabei glaube ich, die ist gut im Bett.«

Fred seufzte genervt: »Gut im Bett, gut im Bett, was heißt schon gut im Bett? Entweder zwei verstehen sich, dann haben sie Spaß, und wenn nicht, dann lässt man es sowieso besser bleiben.«

»Du bist aber auch ein Komplizierter«, stellte August fest. »Immer nachdenken da drinnen in deinem schönen Kopf. Immer alle Gehirnwindungen schön der Reihe nach durchgehen, ob man nicht irgendwo eine Schwierigkeit finden kann. Ein Hindernis. Und wer suchet, der findet!«

»Du nervst wirklich, August.«

»Du wolltest Sex mit ihr. Sie wollte Sex mit dir. Und was ist das Ergebnis? Sie ist weg und du bist beleidigt.«

»So einfach ist es eben nicht immer!«

»Doch, es ist genau so einfach!« Jetzt war es August, der genervt schien. »Schau dir doch die Welt an! Es gibt nur ein Thema: Sex. Fortpflanzung. Die Weitergabe der Gene. Den Kreis am Laufen halten. Was wollen die Blumen? Sex. Was wollen die Frösche? Sex? Was wollen die Hirsche? Sex. Was wollen deine Fische? Sex. So einfach ist das.«

»Ach so ist das«, sagte Fred und wunderte sich über seinen zynischen Tonfall, »und was ist mit dem Wasser? Was will das? Und die Wolken, wollen die Sex? Bisschen sehr einseitig, deine Weltsicht.«

»Sie wird wiederkommen, dann könnt ihr es ja nachholen.«

Fred boxte August auf den Arm. Fest, wie er sich einbildete, aber der Arm war hart wie Stein, und August lachte, während Fred sich die schmerzende Faust rieb.

»Kann sein, dass sie wiederkommt«, sagte Fred, der allerdings vom Gegenteil überzeugt war. »Aber ich werde dann nicht mehr da sein. Weil ich nämlich morgen Früh nach Berlin zurückfahre.«

»Was machst du dort?«, fragte August.

»Was mache ich hier?«, fragte Fred zurück.

»Gehen wir noch einmal auf den Berg, Dichter?«, fragte August.

»Da fragst du noch?«, fragte Fred.

Munter gingen die beiden hinter der Hütte den Pfad hinauf, der am Wasserfall vorbei den mit alten Fichten bewachsenen Hang bergan führte, und es schien, als wären sie alte Freunde.

Entweder ging August langsamer, oder Fred hatte an Kondition gewonnen. Jedenfalls hielt er mit dem jungen Förster Schritt.

Aisha bellte, als sie den Gipfel erreichten. Der Alpenkamm lag vor ihren Augen, die Welt zu ihren Füßen. Und August stieß seinen jodelnden Urschrei aus.

Er sah Fred herausfordernd an.

»Heute versuche ich es gar nicht«, sagte Fred. »Ich bin nicht in der Stimmung.«

»Mit schlecht gestimmten Instrumenten soll man nicht spielen«, sagte August.

»Wieder eine deiner unerträglichen Weisheiten«, gab Fred zurück.

In stiller Eintracht tranken sie Wasser, aßen Speck und Brot.

August zeigte auf ein hohes Wolkenfeld, das im Westen aufzog. »Morgen schlägt das Wetter um. Für zwei Wochen.«

»Das siehst du an diesen harmlosen Wolken?«

»An den Wolken sehe ich, dass das Wetter umschlägt.«

»Und für zwei Wochen, wo siehst du das?«

»Auf www.wetter.at.«

Sie stiegen zügig ab. Als sie bei der Hütte ankamen, sagte August: »Ich muss los. Sieht man sich wieder?«

»Keine Ahnung«, antwortete Fred. Er kniete sich hin und streichelte Aisha. »Wer weiß das schon?«

August und Fred umarmten einander kurz, aber herzlich.

»Servus«, sagte August.

»Servus«, sagte Fred.

25. Juli

Wie von August und www.wetter.at prophezeit, regnete es am nächsten Morgen in Strömen. Alfred Firneis packte seine Siebensachen zusammen. Das war schnell geschehen, denn viel mehr als sieben Sachen gab es tatsächlich nicht zu packen. Die »Endreinigung« hatte er schon hinter sich gebracht. Fred musste nur zweimal zu seinem Auto laufen, dann war er bereit zum Aufbruch. Oder sollte er noch warten? Würde Mara vielleicht doch noch auftauchen?

Fred ging ein letztes Mal auf den Steg. Es war ihm egal, dass er nass wurde. Hier hatte ihn Mara umarmt. Dieses herrliche Wasser hatte sie umschlossen gehalten. Möglicherweise trug es noch irgendwelche Informationen, die sie vereinten. Fred und Mara. Mara und Fred. Dort drüben hatten sie die Fische gegrillt. Fred hörte Maras Lachen. Sah ihr Gesicht. Er spürte Bitterkeit in den Mundwinkeln und Sehnsucht im Herzen. Ein gelbes Ahornblatt kam dahergeflogen. Es blieb auf dem nassen Holz des Stegs kleben.

Fred fröstelte. Er lief zur Hütte zurück. Bis zuletzt hatte er überlegt, was er mit den hier entstandenen Texten machen sollte. Mit den Gedichten, die er für Mara geschrieben hatte. An Mara. Er stopfte den Packen in den Ofen. All das war nun hinfällig. Mara. Und die Gedichte. Fred wartete, bis das Papier restlos verbrannt war.

Er schloss ab und ging zum Auto, ohne sich umzudrehen.

Er versperrte den Schranken zur Forststraße. Adieu, Elbsee! Adieu, Hütte! »Eine Elfe wird dich immer lieben.« Warum hatte Mara ihm das ins Ohr geflüstert? Um ihn zu verhöhnen?

Fred ließ den Motor laufen, als er seinen Wagen vor dem *Gasthaus zur Gams* parkte. Er würde sich nicht lange aufhalten.

»Hier sind die Schlüssel. Ich fahre heim. Auf Wiedersehen.«

»Hast es eh lang ausgehalten«, brummte Lois, der Wirt.

»Eh«, sagte Fred und ging zur Tür.

»Hast dich verändert?«, rief ihm Lois fragend nach.

»Wieso?«

»Jeder, der einen Monat oben bleibt, verändert sich«, sagte der Wirt.

»Einen Monat?«, fragte Fred ungläubig.

Lois sah auf einen handschriftlichen Zettel, der dem Kuvert mit dem Schlüssel beigelegt war. »Du bist am 27. Juni gekommen und heute ist der 25. Juli. Vier Wochen.«

»Unglaublich.«

»Und?«

»Was?«

»Verändert?«

»Nein. Servus.«

Aber natürlich dachte Fred über die Worte des Wirts nach, als er aus dem Tal in die Ebenen des Alpenvorlands hinausfuhr. Die Person, die vor vier Wochen im *Gasthaus zur Gams* Bier und Wein in sich hineingeschüttet hatte, wies mit der Person, die jetzt in melancholischer Ruhe nach Berlin fuhr, nur wenig Ähnlichkeit auf. Nicht einmal äußerlich. Fred betrachtete sich im Rückspiegel. Seine

Haut war braun gebrannt, seine Augen klar. Morgen würde er zum Frisör gehen.

Als Alfred Firneis kurz nach Regensburg in einen Stau geriet, dauerte es eine gute halbe Stunde, ehe ihm auffiel: Der Stau war ihm egal. Weder ergriff ihn Unruhe, noch Ungeduld, noch Panik.

Nein, ich habe mich nicht verändert, dachte Fred.

Ich bin ein anderer Mensch geworden.

Aber das ging den Wirt von der *Gams* gar nichts an.

Während Alfred Firneis widerstandslos im Stau stand, stürmte Elisabeth Halbig unangekündigt in das Büro der Verlegerin Susanne Beckmann in Berlin Mitte. Das Büro bestand aus zweieinhalb kleinen Zimmern: eines für Susanne, eines für die Lektorin und die Pressebetreuerin, ein halbes für das Lager. Susannes Vater hatte das Büro für seine Tochter gekauft, als Immobilien in Mitte noch zu Schnäppchenpreisen verscherbelt wurden. Als Vorschuss auf das Erbe, wie es damals geheißen hatte. Leider folgte dem kein Nachschuss, wie mittlerweile nach Abschluss der Verlassenschaft klar war.

»Man erreicht dich nicht«, sagte Lisi wütend. »Du redest nicht mit mir. Du denkst wohl, die Transuse hörst du dir nicht an. Aber ich will mit dir reden! Ich schmore jetzt seit über 36 Stunden in meiner affenheißen Wohnung in meinem eigenen Saft! Und während ICH sofort zu dir gekommen bin, als du Sorgen hattest, und während ICH mir das alles stundenlang angehört habe und während ICH diese geisteskranke Idee für gut befunden habe und während ICH 800 Kilometer hin- und 800 zurückgefahren bin und während ICH eine Rolle sehr gut gelernt und sehr gut gespielt habe, rufst DU mich nicht einmal eine klitzekleine Sekunde zurück!!«

Lisi war zufrieden mit sich. Sie hatte so ziemlich alles vorgebracht, was sie sich vorgenommen hatte. Und da hatte sich einiges aufgestaut, seit dem Telefongespräch aus Grünbach. Nun sah sie sich erstmals um. Susanne saß hinter ihrem Schreibtisch und starrte sie an.

»Kein Wunder, dass du keine Zeit hattest«, brachte Lisi bitter vor. »Du hast ausgebaut. Das Büro ist größer geworden. Hat die Bank wohl schon gezahlt? Er wird schon brav schreiben, dein Starautor, den du auspresst wie eine Zitrone. Jetzt leidet er ja schön, das ist sicher gut für die Kunst. Das hast du dir schön ausgedacht. Gratuliere!«

»Bist du fertig?«, fragte Susanne, und das klang nicht süffisant, sondern traurig. Da Lisi nichts sagte, fuhr sie nach einer kleinen Pause fort: »Das Büro ist nicht größer, sondern leerer. Der Kopierer wurde heute abgeholt. Und gestern schon die vier Bilder, auf die mein Vater so stolz war. Max Ernst, du kanntest sie ja. Das wird für die Außenstände bei den Druckereien reichen. Meine beiden Mädels sind so rührend und machen am Abend zwei Stunden Bürodienst, unbezahlt. Ich dachte nicht, dass es so etwas heutzutage noch gibt.«

»Tut mir leid«, sagte Lisi. »Ich kann jetzt einfach an nichts anderes denken.«

»Ist schon gut.«

»Warum verkaufst du die Hütte eigentlich nicht? Die gehört doch dir?«

»Ich würde nichts lieber machen! Ich mag diese Bude nicht! Ich will nicht ohne Strom leben! Aber die Hütte steht auf gepachtetem Grund. Der Grundeigentümer muss dem Verkauf zustimmen. Und er will die Hütte selbst haben. Du kannst dir vorstellen, was ich dafür bekomme. Das reicht nicht mal für 'nen anständigen Kopierer.«

»Scheiße.«

Susanne reichte ihr ein paar Blätter: »Das ist der Entwurf für die Herbstvorschau. Der neue Lyrikband *Liebe unter Fischen* von Fred Firneis ist der Spitzentitel. Tolles Cover, nicht? Das volle Programm: Lesetour mit dem Autor, Interviews, Vorabexemplare, Startauflage 100.000 … Die Vertreter jubeln. Die Buchhändler bestellen wie verrückt. Tja. Schade nur, dass es kein Buch gibt.«

»Vielleicht hat Fred ja doch ein paar Gedichte … Also ich glaube eigentlich nicht, aber vielleicht …«

»Was er mir geschickt hat, war seltsam. Haikus und gereimte Sachen und so.«

»Vielleicht hat er irgendwo einen geheimen Vorrat?«

»Das wäre wie ein Wunder.«

Susanne griff in eine Lade und holte einen Fünfhundert-Euro-Schein heraus.

Sie legte ihn vor Lisi auf den Tisch. »Der letzte Rest meiner Schwarzgeld-Kasse. Ist einmal eine Anzahlung.«

»Ich will das Geld nicht«, sagte Lisi.

»Bitte«, sagte Susanne. »Es steht dir zu. Den Rest bekommst du in besseren Zeiten.«

»Nein.«

»Du hattest wirklich Arbeit und Auslagen. Und es war eine Scheißidee von mir. Bitte.«

Lisi legte den Schein zurück: »Du kannst es besser brauchen.«

»Du brauchst es auch.«

»Ich will es nicht.«

»Nur kein falscher Stolz. Es ist okay für mich. Danke, Lisi. Ich ruf dich an, wenn's mir besser geht.«

»Ich nehme es nicht.«

»Wirst du schon.«

»Es ist Blutgeld, verstehst du nicht?« Lisi wollte laut werden, aber ihre Stimme kiekste. »Es ist schlimmer als Blutgeld, es ist Seelengeld. Damit verkaufe ich meine Liebe. Und jede Chance, dass sie jemals erfüllt wird.«

»Ich fürchte, in dem Fall ist sie sowieso im Arsch.«

»Ja.«

»Sag mir, was ich tun kann, Lisi!« Susanne klang aufrichtig verzweifelt. »Von mir aus ist unsere Abmachung hinfällig. Ich kann zu Fred in die Hütte fahren oder ihm einen Brief schreiben und ihm alles gestehen. Ihm sagen, es war eine miese dumme Idee von mir.«

»Das macht meine Rolle bei der versuchten Verwirklichung dieser Idee nicht besser.«

»Sag's du ihm! Und schieb alles auf mich! Ist ja auch alles meine Schuld! Ich hab nichts zu verlieren, Lisi. Jetzt nicht mehr.«

»Ich auch nicht, Susanne. Und weißt du, was besonders schlimm ist für mich? Ich spiele die Mara viel bezzer als die Lisi.«

»*Wir spielen immer, wer es weiß, ist klug.*«

»Lass mich in Ruh. Fred wird Lisi hassen.«

»Vielleicht nicht.«

»Ich selbst hab Mara auch lieber als Lisi.« Nun war Lisi den Tränen nahe.

»Sag mir, was ich machen soll«, flehte Susanne.

»Nichts. Wir können nichts machen. Dein Verlag ist im Eimer. Meine Liebe ist im Eimer. Und tschüss.« Lisi stand auf, sah ratlos um sich, weil Susanne nicht reagierte, und ging dann hinter den Schreibtisch. Sie drückte Susanne einen Kuss auf die Wange und sagte: »Wird alles schon wieder werden. Irgendwann.«

Susanne griff auf die andere Tischseite, nahm den Geldschein und drückte ihn Lisi in die Hand.

Lisi sah den Fünfhunderter kurz an, dann zerriss sie ihn in kleine Stücke und verließ das Büro.

26. Juli

Als Fred erwachte, wusste er nicht gleich, wo er sich befand. Auch in Berlin zwitscherten die Vögel – nur anders. Vor allem roch es anders. Kreuzberg roch nach Asphalt, nach Staub, Gewürzen und Benzin. Grünbach roch nach Wasser, Erde und Fichtennadeln. Fred duschte kalt, was das zur Gewohnheit gewordene morgendliche Bad im See nicht ersetzen konnte. Er hatte Kopfweh.

Fred hatte seine Wohnung unverändert vorgefunden. Klar, so lange war er nicht weg gewesen – was sollte sich groß verändert haben? Die Luft war stickig gewesen, aber das ließ sich schnell ändern. Özer hatte sein gutes Aussehen bewundert, ihm zwei Flaschen Wein und eine kleine Dose von seinem feinen, türkischen Tabak verkauft. Die Flaschen hatte Fred leider beide ausgetrunken.

Ein Kater – an dieses etwas deprimierende Gefühl konnte er sich kaum mehr erinnern. Kater sind nur dann nicht deprimierend, wenn der Abend davor lustig war.

Toller Abend, sagt man sich dann. Werde eben alt, sagte sich Fred heute.

Er griff zum Hörer.

Immerhin, das Telefon haben sie mir noch nicht gesperrt, dachte Susanne, die wie jeden Morgen im Büro saß, obwohl es nicht viel zu tun gab. »Beckmann.«

Fred Firneis meldete sich zurück und bedankte sich für die Zeit auf der Hütte. Susanne war in erster Linie traurig. Dennoch freute sie sich, seine Stimme zu hören. Sie mochte diesen Firneis, obwohl sie ihn – wie alle Schriftsteller – nicht wirklich ernst nehmen konnte. Sie hörte sich seine Berichte an. Der Name Mara tauchte oft darin auf. Sehr oft sogar.

Auf dem Schreibtisch vor Susanne lagen die Teile des Fünfhunderters, den ebendiese Mara zerrissen hatte. Den wird man kleben und eintauschen können, dachte Susanne, die für dramatische Auftritte nichts übrig hatte. Sie klemmte den Hörer zwischen Schulter und Ohr ein, und während sie mit ihrer Tixorolle zur Tat schritt, kam ihr eine Idee. Eine letzte, vielleicht rettende Idee.

»Sehr kreativ war sie wohl nicht, die Zeit auf der Hütte«, seufzte Susanne.

»Die letzten Tage schon«, meinte Fred, etwas zögerlich. »Das hatte wohl auch mit Mara zu tun.«

»Das heißt, ich darf mir Hoffnungen machen? Haben Sie geschrieben, Herr Firneis?«

»Ja. Ganz brauchbare Sachen. Sie wissen, ich bin selbstkritisch.«

»Bis zu einem gewissen Grad, ja.«

»Ich konnte plötzlich wieder schreiben.«

»Und sind es genügend Texte für ein Buch?« Susannes Stimmung begann sich eindeutig zu bessern.

»Für ein schmales Bändchen wären es genug gewesen.«

»Was wollen Sie mit diesem Vergangenheitskonjunktiv andeuten?«

»Ich habe sie verbrannt.«

»Scherz?«

»Echt. Sie haben ja gesagt, Sie wollen nichts Gereimtes. Und keine Haikus und keine Beschreibungen und keine Gefühle ...«

»Das habe ich nie gesagt!!«

»Ich dachte, Sie wollen eigentlich gar keine Lyrik. Nun, dann eben nicht.«

Susanne hätte am liebsten zu brüllen begonnen und diesen geisteskranken Autor beschimpft, aber sie besann sich auf ihre Stärke, nämlich einen kühlen Kopf zu bewahren. Sie hatte nur die eine Chance, ihren Verlag zu retten. Und die würde sie nun ergreifen.

»Herr Firneis«, sagte sie mit eisiger Stimme. »Ich weiß, wer Mara ist. Ich weiß, wo Mara ist. Sie können die Informationen von mir erhalten. Unter einer Bedingung: Ich will die Gedichte. Arbeitstitel: Liebe unter Fischen. Jetzt ist es zehn Uhr. Sie haben nun exakt dreißig Stunden Zeit, die vernichteten Texte zu rekonstruieren oder neue zu schreiben. Und stellen Sie mir keine Fragen über Mara. Morgen erfahren Sie alles. Ich erwarte Sie morgen, am 27. Juli, um 16 Uhr im Verlagsbüro.«

Susanne legte auf. Sie schnappte den wiederhergestellten Geldschein, um ihn auf die Bank zu tragen. Nicht auf ihre Bank. Auf eine, wo sie niemand kannte. Falls Fred tatsächlich liefern sollte, würde sie den Vertrag brechen und Lisis Identität preisgeben müssen, was sie möglicherweise die Freundschaft kosten würde. Doch im Laufe der Jahre hatte sie sich abgewöhnt, ein schlechtes Gewissen für Dinge zu haben, die noch gar nicht geschehen waren.

Etwa zur gleichen Zeit befand sich Lisi bereits in der Nähe von Leipzig. Von hier aus würde sie nach Süden abbiegen und ihrem Herzen folgen. Das sagte sie sich jedenfalls vor, ohne sich restlos sicher zu sein, ob sie ihrem Herzen folgte oder schlicht den Verstand verloren hatte.

Nach der idiotischen Szene mit Susanne gestern war sie in ihre Wohnung in Tempelhof zurückgekehrt, hatte vom Balkon aus auf den Parkfriedhof geschaut und eine Zigarette nach der anderen geraucht. Sie rauchte genau einmal im Jahr, und dieser Tag war heute. Wenn ich so weiterrauche, kann ich mich gleich in ein Grab legen, hatte sie gedacht, obwohl sie ja früher oder später ohnehin in einem Grab landen und verfaulen würde mitsamt ihrer Yoga-Figur und ihren Gefühlen. Dieser Gedanke bewog Lisi sogleich, eine Flasche Limoncello zu öffnen, Dinkel-Grissini in sich hineinzustopfen, noch eine Muratti anzuzünden und Bilanz zu ziehen. Bilanz zu ziehen kann für Unternehmen schwierig sein; für einen Menschen in der Krise ist es fatal. Nach drei Gläsern des Zitronenlikörs, den sie aus dem vielleicht letzten gemeinsamen Urlaub mit ihrer Tochter aus Apulien mitgebracht hatte, schrieb sie ein großes Plus auf ein großes Blatt Papier. Sie zermarterte sich lange, sehr lange den Kopf, fand aber nur drei als Erfolg zu wertende Punkte, weshalb das große Blatt Papier deprimierend leer blieb:

1) Ich habe eine tolle Tochter (die ich fast nicht mehr sehe)
2) Ich bin relativ glücklich geschieden
3) Ich habe einen erfolgreichen Bruder

Ein weiteres Glas lang überlegte sie, ob sie die bereits ins Spiel gebrachte Yoga-Figur anführen sollte. Aber erstens bildete der Körper weder einen verlässlichen noch einen bleibenden Wert, und zweitens würde sie ihn fortan mit Limoncello, Grissini und Muratti vernichten. Das ist meine Mittelmeerdiät! Lisi freute sich. Dabei fiel ihr auf, sie verfügte über eine ordentliche Portion Selbstironie. Ja, das konnte als nächster und letzter Punkt angeführt werden:

4) Ich kann mich wunderbar selbst verarschen.

Nach dem nächsten Gläschen war sich Lisi aber nicht mehr ganz sicher, ob es tatsächlich als großer Pluspunkt zu werten war, bei der Demontage der eigenen Persönlichkeit autonom zu sein.

Ganz sicher hatte sie dieses Talent von Mama. Nicht jenes zur Selbstkritik, sondern das zur Lisi-Kritik. Im Rahmen eines verlängerten Wochenendes zur therapeutischen Aufarbeitung des Themas »Familiendrama« hatte Lisi damals mit der Kursleiterin drei Hauptphasen ihrer Kindheit herausgearbeitet: Von 0–7 hatte ihre Mutter sie wie eine Puppe behandelt, eine Art Spielzeugbaby, dem man entzückende Kleidchen anzieht und Zöpfchen flicht und das man danach stolz der Öffentlichkeit präsentieren kann. Zwischen 7 und 14 war sie weitgehend auf Desinteresse gestoßen, was man – bei positiver Sichtweise – als Freiheitsphase hätte interpretieren können. Ab 14 kannte Lisi von Seiten ihrer Eltern nur noch Kritik. Ihre Mutter führte die Anklage. Ihr Vater schlug sich auf die Seite der Stärkeren, also ihrer Mutter. Im Prinzip gab es nichts, was sie richtig machte. Wenn, war es der Erwähnung natürlich nicht wert. Sie hatte falsche Freundinnen, falsche Schuhe, falsche Schulnoten, falsche Interessen, sie las die falschen Bücher, sah die falschen Filme, trug die falsche Kleidung, ihre Männer waren schrecklich, ihre Berufsvorstellungen naiv, ihre Rollen lächerlich, ihre Wohnung geschmacklos ... Bei ihrem großen Bruder war das alles nie ein Thema. Der wuchs in tatsächlicher Freiheit auf, umhüllt von der Gewissheit, er würde seinen Weg schon gehen, und sehet, so kam es. Er durfte sogar eine Schwäbin heiraten, nach Heidenheim an der Brenz übersiedeln, alles kein Problem, er durfte das machen. Lisi dagegen musste nach einem Besuch bei ihren Eltern regelmäßig in ihren eigenen Pass schauen, um sich zu vergewissern, dass sie schon volljährig war. »Sie müssen die alten Muster auflösen«, hatte die Familientherapeutin gesagt, was dazu führte, dass Lisi ihr Muster aktivierte und sich dachte: Wieder etwas, das ich muss und nicht kann. Wobei Lisi mit zunehmendem Alter klar wurde: Die Unzulänglichkeit lag nicht an ihr oder in ihr, sondern nur im Blick ihrer Eltern. Es handelte sich um eine Unzulänglichkeit durch Geburt, so, wie andere als Königin geboren werden, nur eben umgekehrt. Durch Handeln würde das Manko nie verschwinden, im Gegenteil, es würde klarer und härter ans Tageslicht treten. Alle Bemühungen blieben nicht nur vergeblich, sie erwiesen sich sogar als kontraproduktiv.

Würde Lisi einstimmig zur Bundespräsidentin gewählt: Bei der Inauguration hätte sie garantiert die »Haare nicht sehr gut«, die Rede, »na ja«, »und das Amt ist auch nicht mehr das, was es einmal war«.

Was die Punkte auf dem großen Blatt mit dem großen Minus betraf, schrieb Lisi also nicht alles auf, was ihr durch den Kopf ging, weil sie das meiste ohnehin auswendig kannte. Von »zerstöre bei Reparaturversuchen alle Geräte« über »kann meinen Videorecorder nicht programmieren« bis hin zu »beruflicher Höhepunkt: werde als Karteileiche geführt« reichte das gedankliche Spektrum. Ja, sie konnte mit den Zulieferern des Catering-Unternehmens genauso gut reden wie mit den Servierkräften und den Produktionsleitern, sie galt als sozial kompetent, und doch: Ihre wackelige Selbstsicherheit stürzte in sich zusammen, wenn ihre Mutter sie fragte, ob sie immer noch »Brötchen streiche«. Und es stimmte ja – sie hatte versagt. Denn eigentlich sollte sie auf der anderen Seite des Sets stehen. Im Scheinwerferlicht, vor den Kameras. Ein Gedanke, der ihre Vorstellungskraft in letzter Zeit auch nur noch selten beflügelte, höchstens in den raren Augenblicken, wenn sie sich selbst im Spiegel als Fünfundzwanzigjährige wahrnehmen konnte. Meistens aber nahm sie sich – was ebenso nicht der Realität entsprach – als Sechzigjährige wahr. Wenn gute Laune ihre Selbstironie beflügelte, schaffte sie es immerhin, sich angesichts der tiefen Ackerfurchen in ihrem Gesicht als *vielfältige* Persönlichkeit zu bezeichnen.

Wann hatte ihr Leben diese seltsame Abzweigung Richtung Schräglage genommen? Was war früher gewesen? Welche Träume hatte sie gehabt?

Letzteres wusste Lisi ziemlich genau:

1) Ich will etwas tun, was mir Freude macht. Ich weiß nur nicht, was.

2) Ich will die Welt retten. Ich weiß nur nicht, wie.

3) Ich will geliebt werden. Ich weiß nur nicht, von wem.

Die Flasche Limoncello stand anklagend leer auf dem Balkon, als die Nacht sich auf die Gräber und Wohnungen von Berlin senkte – und was waren Wohnungen im Prinzip anderes als Gräber auf Abruf – Aufbewahrungsorte von Friedhofsdeserteuren – von Krematoriumsflüchtlingen! Lisi bemerkte, dass ihre Gedanken ein wenig lallten, aber sie war sich sicher: Sie musste weg. Ein paar Tage raus aus der Stadt. Egal wohin. Richtung Süden. Vielleicht nach Grünbach am Elbsee. Warum nicht nach Grünbach am Elbsee?? Das war ein Kraftort. Überhaupt, der Kleine Elbsee – ein magischer Platz, der die Seele durch Elfenzauber wieder in Balance bringt. Und Fred ... Alfred! Vielleicht würde sie ihm ja zufällig begegnen.

Möglicherweise würde sie ihm alles gestehen.

Sie sollte ihm alles gestehen!

Das würde sie zwar aller Voraussicht nach die Freundschaft zu Susanne kosten. Aber sie musste es riskieren. Einmal im Leben richtig riskieren. Nicht vernünftig handeln. Nicht leiden. Sich nicht in die Opferrolle fügen. Nicht edel sein. Nicht gut sein. Einfach den Weg des Herzens gehen. Was predigen immerzu alle Weisheitslehrerinnen und Gurus? Der Weg beginnt JETZT.

Bleibt nur ein Problem, dachte sie: JETZT bin ich eindeutig zu betrunken, um loszufahren.

Anderntags war die Trunkenheit verschwunden, nicht

aber der Entschluss, die Stadt zu verlassen. Ob das mit Grünbach allerdings eine gute Idee war ...? Auch das prächtige Haus ihres Bruders stand ihr schließlich jederzeit offen.

Sie näherte sich dem Autobahnkreuz Nürnberg und stand vor der Entscheidung: Fahre ich nach Heidenheim an der Brenz und verkrieche mich für einige Tage im Schoß der Familie? Oder fahre ich nach Grünbach am Elbsee an den Busen der Natur, der sich allerdings bei schlechter Entwicklung sehr schnell in den Arsch der Welt verwandeln konnte?

Natürlich will ich nach Grünbach, gestand sie sich ein. Natürlich will ich nach Grünbach, um Fred zu sehen. Und das ist keine sehr gute Idee, weil ich noch immer keine Ahnung habe, was ich ihm erzählen soll. Außerdem bin ich eine Frau mit Selbstachtung und kein Teenager-Girlie, das in der hormonellen Verwirrung erster Verliebtheit einem Mann nachläuft, den es gar nicht kennt.

Im Grunde bin ich keine Frau mit Selbstachtung, sondern eine, die Selbstachtung nach außen hin darstellt. So, wie Schauspieler überhaupt nur deshalb Schauspieler sind, damit sie ihr Leben spielen können. Was aber, wenn die Selbstachtung genau darin bestünde, die gespielte Selbstachtung über Bord zu werfen?

Wie würde es sich anfühlen, einmal nicht zu spielen, sondern zu sein?

Andererseits, Heidenheim lag sehr nahe. Sie könnte im Gästehäuschen im Garten ihres Bruders ein paar erholsame Tage verbringen. Sich von ihren Neffen die neuesten Computerspiele zeigen lassen, mit ihrer Schwägerin reden, mit der sie sich in mancher Hinsicht besser verstand als mit ihrem Bruder, Wanderungen unternehmen, Knöpfle mit Bratensauce essen, zur Ruhe kommen ...

Vor der entscheidenden Wegkreuzung machte Lisi bei einer Raststätte Halt, um Zeit zu gewinnen. Außerdem brauchte sie einen Kaffee, ein WC und Sprit.

An der Kassa passierte es. Beim Zahlen fiel eine Münze zu Boden. Lisi bückte sich. Als sie sich wieder aufrichtete, fühlte sie den Schmerz. Er nahm seinen Ausgangspunkt am unteren Ende der Wirbelsäule und breitete sich schlagartig zwischen Scheitel und Fußsohlen aus. Mit Tränen in den Augen räumte Lisi das Restgeld in ihre Börse und humpelte zu ihrem kleinen Wagen. Ihre Hände fühlten sich taub an, als sie die Tür öffnete. Sie stützte sich mühsam auf und ließ sich mit größter Vorsicht in den Fahrersitz sinken. Sie zog die Beine nach, erst das rechte, dann das linke. Der Schmerz pochte gegen den Autositz. Von der Anstrengung wäre ihr fast schlecht geworden.

Einmal im Jahr passierte ihr das: Hexenschuss. Während die meisten Menschen in winterlicher Kälte darunter leiden, erwischte es Lisi meistens im Sommer. »Aber warum gerade jetzt?«, fragte sie sich verzweifelt. Und musste dann über sich selbst lächeln. Es passiert immer gerade jetzt, also im falschen Augenblick, der irgendwie genau der richtige ist, weil es für einen Hexenschuss naturgemäß niemals einen richtigen Augenblick geben kann.

Ich wollte losfahren! Hinaus! Mich befreien! Und jetzt das!

Lisi startete den Wagen. Nun war alles klar: Sie würde die Abzweigung Richtung Westen nehmen und zu ihrem Bruder fahren, dem Orthopäden. Er würde sie mit Spritzen wieder halbwegs schmerzfrei machen und ihr dann ein paar osteopathische Behandlungen verpassen, für die war er weithin berühmt.

Ich werde mich in das Nest der idyllischen Kleinfamilie hocken, dachte Lisi. Alles wird gut werden. Alles wird seinen geregelten Lauf nehmen.

Als sie die ersten Verkehrsschilder sah, die auf das Nahen des Autobahnkreuzes hinwiesen, bekam sie eine entsetzliche Wut. Eine Wut, von der sie nicht geahnt hatte, dass sie in ihr steckte. Wut auf den Hexenschuss, Wut auf das spießige Haus ihres Bruders, Wut auf das gelungene Leben ihres Bruders, Wut auf Susanne, Wut auf das Schicksal, vor allem aber Wut auf sich selbst. Ist es nicht immer dasselbe? Immer genau dasselbe? Sie schlug auf das Lenkrad ein, und es war ihr egal, dass sie dabei hupte. Bevor ich irgendetwas Unvernünftiges tue, fallen mir tausend Ausreden ein, warum es unvernünftig ist, etwas Unvernünftiges zu tun. Und der Scheiß-Hexenschuss ist nichts anderes als eine Scheiß-Ausrede! Am Ende meines Lebens werde ich dem Tod einreden, dass es sehr unvernünftig und obendrein ungesund ist zu sterben. Aber dem wird das egal sein.

Lisi lächelte entschlossen und zufrieden, als sie ihren Bruder rechts liegen ließ und geradeaus weiterfuhr, Richtung Süden.

Auch Fred war wütend. »Kommt nicht in Frage«, sagte er laut, als er das Telefon auflegte. Leider war Susanne ihm zuvorgekommen. »Ich lasse mich doch nicht erpressen!« Wie kam sie eigentlich dazu! Und was war mit Mara? Woher kannte Susanne Mara? Hatte sie sie entführt? Hielt sie in einem Keller gefangen? Woher wollte sie wissen, ob ich mich überhaupt für Mara interessierte? Wahrscheinlich bluffte sie einfach nur. Beim Bluffen war sie Weltklasse, sonst hätte sie sich mit ihrem Zwergverlag nie behaupten können in der großen Welt der Bücher. Mit ihren Fähigkeiten würde sie an jedem Pokertisch der Welt reüssieren. Aber nicht bei ihm. »Einfach vergessen!«, schrie Fred zum offenen Fenster hinaus.

Auch andere Verleger bringen Lyrikbände heraus.

Auch andere Töchter haben schöne Mütter.

Wobei Fred – kaum war das Gedachte im Kopf formuliert – schmerzlich bewusst wurde, dass er mit Susannes Zwergverlag harmonierte und dass es ihm selbst am meisten leidtat um die verlorenen Gedichte. Und dass er von allen Müttern und Töchtern der Welt momentan nur mit Mara Kontakt aufnehmen wollte. Vielleicht gerade, weil diese den Kontakt mit ihm so schnöde abgebrochen hatte. Eine Tochter war sie auf jeden Fall. Eine Mutter? Vielleicht. Es musste sich doch irgendwas über sie herausfinden lassen!

Er stürmte auf die Straße hinunter, marschierte geradewegs in das nächste Elektronikgeschäft und kaufte sich das billigste internetfähige Flachgerät, dessen schicke englische Fachbezeichnung er zu lernen sich aus Prinzip weigerte.

Zu Hause schaffte er es überraschend behände, die Maschine in Betrieb zu nehmen, und dann googelte er eine Stunde lang. Es gab fast 200 Millionen Einträge zu dem Begriff Mara. Außerdem über 100 Millionen Bilder zu Mara, von denen die ersten dreitausend nach schneller Sichtung Frauen und Männer zeigten, die mit seiner Mara überhaupt nichts zu tun hatten. Vor allem aber tauchten

Fotos von einem Tier auf, das wie eine Kreuzung aus Hase, Schwein und Känguru aussah.

Mara Slowakei grenzte den Begriff bereits auf 150.000 Einträge ein. Mit klopfendem Herzen sah er die ersten hundert durch, fand aber nichts außer Informationen über einen Stausee sowie über professionelle Altenbetreuung. Wie hieß doch schnell Maras Beruf – etwas wie Limbo ... Unter den Suchbegriffen Mara Limnologie Zvolen Slowakei gab es nur noch 7 Einträge, meist rumänische pdf-Dateien, deren Inhalt sich ihm nicht erschloss und in welchen »Mara« den bereits zuvor identifizierten Stausee bezeichnete.

Mara – ein Phantom?

Mara – ein Pseudonym?

Mara – ein Trick?

Am liebsten hätte Fred sein neues Gerät zusammengeknüllt wie ein Blatt Papier und dann weggeworfen.

Mara konnte ihm wirklich egal sein.

Er könnte zum Beispiel Charlotte anrufen. Wollte er aber nicht.

Oder mit Benno saufen gehen. Wollte er auch nicht.

Oder Susanne beschimpfen. Wollte er auch nicht mehr.

Was wollt ihr denn?

Mara! Mara! Mara!

Er könnte sich ins Auto setzen und wieder zurückfahren an den Elbsee und warten.

Das wollte er aber auch nicht. Am Elbsee regnete es. Und Mara war nicht dort.

Als Lisi am Elbsee eintraf, regnete es. Der Mutanfall am Autobahnkreuz Nürnberg hatte ihr eine beschwingte

Fahrt eingebracht. Der Glückspegel sank freilich buchstäblich schrittweise, als sie sich am unteren Ende des Forstwegs aus dem Auto schälte, um zum Elbsee hinaufzuhumpeln. Fahren wollte sie bei dem Regen lieber nicht. Sie brauchte für den knappen Kilometer Schotterstraße so lange wie eine ziemlich gebrechliche Neunzigjährige, und sie fühlte sich auch so. Von der Kurve über dem See aus spähte sie zur Hütte hinüber. Die schien fest verschlossen. Kein Rauch aus dem Kamin. Lisis Herz klopfte. Und wenn Fred doch da war? Drinnen saß und schrieb? Sie hatte sich die ganze Fahrt lang die Gedanken darüber verboten, was sie ihm sagen sollte, aus Angst, sie würde bei näherer Überlegung doch noch umdrehen. Aber nun sank ihr Mut, und sie machte kehrt.

Um kurz danach wieder umzudrehen.

Jetzt war sie fast 800 Kilometer gefahren, jetzt würde sie – ohne zu überlegen! – die letzten hundert Meter auch noch gehen.

Der weiße Benz stand nicht da. Die Fensterläden waren geschlossen. Die Tür war versperrt. Wie schön könnte sie es jetzt mit Fred in der Hütte haben, bei einem knisternden Feuer ... Aber wahrscheinlich dachte der gar nicht mehr an sie.

Lisi schleppte sich auf den Steg, und ihr Sinn für Dramatik ließ sie ihr linkes Bein eine Spur schwerer nachschleppen als nötig. Dafür brauchte sie gar kein Publikum.

Sie blickte auf den See, in dem sich der graue Himmel spiegelte, zwischen dem Nadelstichmuster der Regentropfen. Sie fühlte dieselben Nadelstiche in ihrem Herzen. Und in ihrem Rücken.

Bald würde es finster werden. Sie brauchte irgendein

Quartier. Oder sollte sie doch noch zu ihrem Bruder fahren?

»Mara!« Eine Männerstimme hinter ihr. Lisi fuhr zusammen, griff sich mit schmerzverzerrtem Gesicht ans Kreuz und drehte sich langsam um.

Ich drehe gleich durch, sagte sich Fred, wenn ich nicht etwas unternehme.

Was ich aber nicht tun werde: Susanne anrufen. Susanne – da war er sich nun sicher – hatte alles inszeniert. Ihre Verschwörung sah so aus: Sie hatte ihm an dem Abend hier in der Wohnung heimlich ein Gift verabreicht, das Herzrhythmusstörungen verursachte. Danach hatte sie ihn einliefern lassen und eine Ärztin bestochen, damit die ihm sagte, er solle Ruhe in einer Berghütte finden. Dann hatte sie die Berghütte gemietet und diesen August gekauft, der wahrscheinlich irgendein Holzknecht war, den sie von früher kannte, damit der ihm das Leben retten konnte. Diesen August hatte sie auch mit billigen Lebensweisheiten aus einem alpinen Bauernkalender versorgt, damit Freds Gehirn ein bisschen was zum Kauen bekam. Und zur Krönung hatte sie ihm die slowakische Altenpflegerin ihres Vaters geschickt! Das lag klar auf der Hand! Hatte nicht ihr Vater gesagt, die Pflegerin sehe aus wie eine Striptease-Tänzerin und koche auch so? Dieser Scherz hatte Susanne endgültig verraten. Den hätte sie sich verkneifen sollen. Mara hatte eindeutig etwas von einer Tänzerin, so etwas Leichtes, Schwebendes. Und sie konnte nicht kochen! Hatte sie selbst gesagt! Dann hatte sich die Krankenpflegerin als Krakenforscherin ausgegeben, um ihn ein bisschen irre zu machen. Und er war auf das alles reingefallen! Es war so unerhört, so perfid! So durchdacht gleichzeitig!

Mit Susanne wollte Fred nichts mehr zu tun haben. Aber er musste sich jetzt trotzdem Luft machen. Es musste raus, raus, raus!!

Als Lisi sich mühsam umgedreht hatte, erkannte sie August. Er hielt eine Pflanze mit spitzen, gezackten Blättern in der Hand und winkte ihr zu.

Sie humpelte ihm entgegen. Er kam, um sie zu stützen.

»No?«

»Hexenschuss«, sagte Lisi. Aisha leckte ihre Hand, und das wirkte tröstlich.

»Die ersten Pflanzen müssen ins Trockene gebracht werden.« August hielt Lisi das Elbtaler Gewürzkraut unter die Nase, als wäre es heilsames Riechsalz. »Die Dolden sind schon ganz harzig.«

»Wo ist Fred?«, fragte Lisi.

»Weg«, antwortete August. »Zurück nach Berlin.«

»Oh«, sagte Lisi.

In diesem Augenblick läutete Augusts Handy. »August hier«, sagte August, und dann, erstaunt: »Fred!« Und dann noch – »Ja, sie ist hier!« Dann lauschte er kurz, mit immer konsternierterer Miene, und aktivierte schließlich die Lautsprecherfunktion, sodass Lisi mithören konnte:

»... und ich habe nicht nur SIE durchschaut, sondern euch ALLE durchschaut! Die schlimmste Enttäuschung aber bist DU, August ... Machst du alles für Geld? Oder was hat sie dir geboten? Oder machst du so was gratis? Bist du eh mit der Mara zusammen und ihr habt es einfach nur aus Spaß gemacht? Für mich war es aber kein Spaß!! Das ist wirklich das Allerletzte!! Schämt euch! Schäm dich!«

»Fred?« August fragte leise, fast verzagt nach. Aber Fred hatte bereits aufgelegt.

»Ruf ihn an!«, flehte Lisi. »Dem geht's nicht gut.«

August wählte die Nummer, aber Fred ging nicht ran. Er wählte die Nummer noch einmal.

Abermals der Anrufbeantworter.

»Was machen wir jetzt?«, fragte Lisi verzweifelt. »Der dreht völlig durch!«

»Ich schmier dir den Rücken ein. Ich hab eine Salbe, die wirkt Wunder. Schwarzwurz, kennst du?«

»August, wir müssen was tun!«, schrie Lisi, leicht panisch. Dann hielt sie inne und fragte: »August, bist du auch gekauft?«

»Was?«

»Nichts.«

»Was meinst du mit *auch*? Und warum redest du ohne Akzent?«

»Du musst mir helfen, August. Bitte bitte bitte. Wir müssen nach Berlin. Sofort. Aber ich schaff's nicht ganz allein. Bitte fahr mit nach Berlin!«

»Mir ist es egal«, sagte August, »fahren wir halt. Ich muss nur der Anni abtelefonieren. Und der Arbeit.«

Augusts Haflinger stand auf dem Parkplatz auf der anderen Seite des Sees. Er müsse noch kurz zum Auto, erklärte er Lisi, die Salbe holen, die habe er immer dort gelagert, sie helfe bei Schlangenbissen, Verstauchungen, Schürfwunden, Schwarzwurz eben. Lisi sah ratlos drein. Sie hatte den Kopf woanders.

»Schwarzwurz, man kann auch Beinwell sagen«, fügte August hinzu.

Er stützte sie die Straße hinunter zu ihrem Auto. »Ist wie ein Ausflug mit dem Altersheim«, sagte August.

Als sie beim Auto ankamen, war es finster. Sie fuhren auf den Parkplatz am Ende der Straße.

»Machen Sie sich bitte frei«, sagte August, als sie bei seinem Geländefahrzeug angekommen waren. »Na den Rücken. Zum Einreiben.« Zum Glück, bemerkte Lisi, waren seine Hände weniger rau als sein Benehmen.

August packte ein paar Dinge in seinen Rucksack, suchte überall im Auto nach einer Hundeleine, die er nicht fand, und fragte: »Soll ich fahren?«

»Mit deinem Auto?«

»Mit meinem Auto brauchen wir drei Tage. Und das überlebt dein Kreuz nicht.«

»Aber wie kommst du zurück, wenn wir mit meinem Auto fahren?«

»Ich bin immer noch irgendwie zurückgekommen.«

Lisi reichte August den Schlüssel. Es störte ihn nicht, dass sie sich auf die Rückbank legte. Aisha thronte auf dem Beifahrersitz und schien stolz, endlich einmal in einem richtigen Auto fahren zu dürfen.

»Ich fahre Passau–Regensburg?«

Lisi antwortete nicht, sie war in Gedanken versunken.

»Hallo. Mara!«

»Mara«, das ging ihr durch und durch.

»Ich bin gekauft«, sagte sie.

»Das verstehe ich nicht«, sagte August.

»Bist du echt?«, fragte sie.

Nach einer Pause antwortete er: »Echter geht fast

nicht.« Und dann mussten sie beide lachen, überdreht und hysterisch.

Aber irgendwann schaffte Lisi es dann doch, ihre Geschichte loszuwerden.

»Ihr macht's Sachen«, sagte August, »das glaubt man ja gar nicht. Armer Fred. Aber der ist ja genauso kompliziert.«

Lisi seufzte. Ihr Geständnis hatte sie sowohl erleichtert als auch ermüdet.

»Stört es dich, wenn ich ein bisschen schlafe?«

»Schlaf nur.«

Als der Sprit auszugehen drohte, schlief Lisi immer noch. August fuhr bei einer Raststätte ab. Als er den Motor abstellte, wachte Lisi auf.

»Wo sind wir?«

»Hof.«

»Wie spät ist es?«

»Zwei.«

»Warum sind wir in Hof?«

»Über Hof ist kürzer, hat das Navi auf meinem Handy gesagt.«

»Danke.«

»Wie geht's?«

»Keine Ahnung.«

Als sie aus dem Auto kroch, wusste Lisi: Nicht besonders gut. Ihre Glieder fühlten sich wie gelähmt an. Der Kreislauf stockte. Sie musste sich am Autodach festhalten, weil ihr schwarz vor den Augen wurde. August tankte. Sie tranken Espresso und kauften zwei Dosen Energy-Drink.

»Davon wird mir immer schlecht«, sagte August, »das hält auch wach.«

Sie drehten eine kleine Runde mit Aisha und gaben der Hündin zu trinken.

»Ich fahre weiter«, sagte Lisi.

»Ist mir recht«, gähnte August. Kaum hatte er auf dem Beifahrersitz Platz genommen, schlief er ein. Doch er schlief nicht lange. Nach einer halben Stunde streckte er sich. »Geht wieder. Soll ich fahren?«

»Was soll ich ihm sagen?«, fragte Lisi, ohne darauf einzugehen.

»Ist doch egal. Erzähl ihm alles, was du gerade mir erzählt hast, und aus.«

»Mit dir ist immer alles so einfach, August.«

»Ich weiß auch nicht, warum es alle so gerne kompliziert haben.«

»Ich kann ihm unmöglich unter die Augen treten.«

»Aber ja, ich helfe dir dabei, dann geht's schon.«

»Bitte nicht!«

»Glaubst du jetzt, ich fahre zum Spaß mit nach Berlin?«

»Warum bist du mitgefahren?«

»Ich wollt immer schon einmal nach Berlin. Und komm immer nur bis Linz.«

Das glaubte ihm Lisi nicht ganz.

»Du bist gekränkt, weil Fred geglaubt hat, du bist auch gekauft«, riet sie.

»Ah geh. So leicht bin ich nicht gekränkt«, sagte August beleidigt.

Lisi lächelte.

Der Himmel über Berlin wechselte von Anthrazit in Taubengrau, als sie von der A100 abfuhren.

»Hab ich mir ganz anders vorgestellt, Berlin«, sagte August.

»Alle stellen sich Berlin anders vor. Das Tolle an Berlin ist, dass es Berlin gar nicht gibt«, sagte Lisi. »Es gibt mindestens tausend verschiedene Berlins. Nur der Himmel, der ist überall gleich. Aber das wissen wir ja seit Wim Wenders.«

»War das ein Himmelsforscher?«

»Wim Wenders?«

Lisi war sich nicht sicher, ob August sie auf den Arm nahm. Das wusste man bei ihm überhaupt nie so genau. Darum reagierte sie nicht. »Wir sind gleich da«, sagte sie nur.

Unter der Autobahnbrücke sahen sie drei Skins, die einen Jugendlichen eingekreist und gegen einen breiten Betonpfeiler gedrängt hatten. Als sie vorbeifuhren, kassierte der Junge eine Ohrfeige. »Bleib stehen«, sagte August.

»Was ist denn?«

»Da wird einer gehaut.«

»Solche Keilereien gibt es ständig.«

»Dreh jetzt um und fahr dorthin.«

»Wenn du willst, rufen wir die Polizei.«

»Du sollst umdrehen.«

»August – das ist Berlin. Du kannst dich hier nicht in alles einmischen.«

Als August Anstalten machte, aus dem fahrenden Auto zu springen, machte Lisi kehrt. Die Skins bearbeiteten ihr Opfer mittlerweile zu dritt: Der lange, sportliche Schläger hielt den jungen Mann fest; der kleine Fette mit dem Tattoo im Nacken bearbeitete ihn mit den Händen; der junge, Milchgesichtige trat ihm mit seinen Springerstiefeln gegen und zwischen die Beine. Aber noch schlugen sie nicht voll zu, sondern ergötzten sich an der Angst des jungen, verträumt wirkenden Mannes, wie sich eine Katze in aller Ruhe an der letzten Panik eines Mäuschens erfreut. Der lockige junge Mann blutete aus der Nase. In erster Linie schien er um seine schöne, helle Jacke besorgt zu sein, ein Geschenk seiner Mutter oder seiner Freundin?

Als der Lange sah, dass der rote Wagen in ihrer Nähe hielt, machte er den Fetten darauf aufmerksam. Das Milchgesicht sah mit provokanter Verachtung in Lisis und Augusts Richtung. Die drei Glatzen erhöhten die Schlagzahl.

August stieg aus.

»Hö!«, rief er.

Die Skins sahen ihn an. Als der Hüne mit seinen gewaltigen Schultern und den muskelprallen Oberarmen in Bergschuhen und kurzer Hirschlederhose ohne das geringste Zögern auf sie zuschritt, wurden sie von Panik erfasst.

»Mann, seht euch den Freak an!«, rief der Fette.

August staunte, wie schnell die rennen konnten.

Er staunte auch, als das Opfer der drei Skins ebenfalls weglief, als er sich näherte.

»Hallo!«, rief August. »Alles okay?« Aber da war der junge Lockenkopf schon verschwunden.

»Stadtmenschen«, stellte August fest, als er wieder in den Wagen stieg. Er streichelte Aisha, als wollte er sich versichern, dass er und sie gemeinsam noch mit der Natur verbunden waren.

Lisi blieb bei einem türkischen Bäcker stehen, der rund um die Uhr arbeitete, und kaufte Brot, dessen köstlicher Duft alsbald das Auto erfüllte.

Sie gingen ein paar Schritte mit Aisha, bevor sie auf dem Balkon von Lisis Wohnung frühstückten. In einer Ecke stand noch die leere Flasche Limoncello. Immerhin hatte sie den vollen Aschenbecher weggeräumt. Ihr ekelte bei dem Gedanken. Zum Glück rauchte sie nur einmal im Jahr.

»Und wegen dem frischen Brot wohnst du also in Berlin?«, fragte August etwas ungläubig, als er auf die Straße und den Friedhof blickte.

»Ja, unter anderem«, meinte Lisi.

Das Essen machte beide so richtig müde. Die Stadt würde ohnehin erst in einigen Stunden erwachen.

»Darf ich das Sofa nehmen?«, fragte August.

»Nimm doch das Bett.«

»Mit dir oder ohne dir?«

»Ohne dich, heißt es.«

»Ich bin zu müde für Grammatik«, sagte August. »Aber sonst bin ich für alles zu haben. Musst es mir nur sagen.«

Wieder wusste Lisi nicht so genau, wie sie damit umgehen sollte. So wie sie es einschätzte, bot ihr August aus purer Höflichkeit Sex an. Einfach, weil sich das für einen Mann so gehörte. Jedenfalls für einen Mann aus den hinteren Alpen. Sie würde August erst später um eine kleine Schwarwurzel-Salbung bitten, zur Sicherheit.

»Gute Nacht«, sagte sie.

»Nacht ist gut«, murmelte er mit geschlossenen Augen. Seine riesige Hand ruhte auf Aishas Kopf.

»Danke, August«, sagte Lisi noch. Aber sie war sich nicht sicher, ob er das noch hörte.

27. Juli

Erst nach dem kurzen Morgenschlaf hatten die beiden den Eindruck, im nächsten Tag angekommen zu sein. Lisi war vom Geräusch ihrer Dusche aufgewacht. Normalerweise machte ihre Dusche keine Geräusche, außer, sie duschte selbst. Deshalb war das Rauschen wohl in ihr Bewusstsein eingesickert und hatte sie geweckt.

Lisi bereitete Kaffee zu. August kam aus dem Badezimmer, ein Handtuch um die Hüften gewickelt. Lisi konnte nicht umhin, ihn anzustarren. Ich bin eine aufgeklärte, emanzipierte, urbane, freie Frau, sagte sie sich, warum muss ich da bloß hinschauen?! Sie hatte noch nie einen so starken Mann gesehen. Muskulösere vielleicht, so Fitness-Studio-Fritzen, die in Wahrheit nur in sich selbst verliebt waren und auch beim Sex in erster Linie darauf bedacht, ihre eigene Schönheit zu bewundern. Aber August hatte Muskeln, die durch Arbeit entstanden waren. Lisi wäre am liebsten hingegangen, um ihn ein wenig zu betatschen. Das Verhältnis von Muskeln und Sehnen scheint perfekt, dachte Lisi, kam sich aber gleichzeitig vor wie ein Metzger beim Entwickeln eines Wurstrezeptes.

»Is was?«, fragte August.

»Ich frage mich nur gerade, wie das Wiedersehen mit Fred werden soll.«

»Schade, dass es in Berlin kein wirklich kaltes Wasser gibt«, antwortete August, ohne darauf einzugehen.

Auch Lisi duschte sich die lange Nacht so gut es ging vom Körper. Dann bat sie August um eine kleine Schwarzwurzel-Einreibung. »Ich spür den Schmerz noch«, sagte Lisi, »aber kein Vergleich zu gestern!«

»Kein Wunder«, sagte August, »ich habe heilende Hände.«

»Echt? Du kannst heilen?«

»Na sicher!« August lachte. »Warum glaubst du eigentlich alles, was man dir erzählt?«

Dann tranken sie Kaffee. Lisi drehte ihren Computer auf. Ihre Tochter hatte ihr eine kurze Mail geschrieben, darüber freute sie sich, denn sie wusste, dass eine Mail zu schreiben für die twitternde Facebook-Generation fast dem Verschicken eines handgeschriebenen Briefes mit Marke und Poststempel gleichkam. Lisi akzeptierte, dass die Jungen anders waren. Sie hatte nichts gegen Technik. Sie interessierte sich einfach nicht dafür.

»Wo hast du denn deinen Computer her«, fragte August, »aus dem technischen Museum?«

»Den hat mir mein Bruder geschenkt. Seine Kinder wollten ihn nicht mehr.«

Sie suchten nach Fred Firneis, nach Alfred Firneis, nach Firneis Gedichte und so weiter. Lisi seufzte wie eine Schülerin, wenn Bilder von Fred aufpoppten. August seufzte, weil der Computer so langsam war: »Wenn ich zu Fuß durch Berlin gehe, hab ich ihn schneller.«

»Es wird uns wahrscheinlich nichts anderes übrig bleiben. Im Telefonbuch steht keine Adresse. Versuch noch mal, ihn anzurufen, bitte!«

August wählte die Nummer, die er gespeichert hatte.

»Anrufbeantworter. Wir gehen zu dieser Susanne«, sagte August. »Die weiß, wo er wohnt.«

»Sie hat mich manipuliert. Uns manipuliert. Fred und mich!«

»Du hast dich manipulieren lassen.«

»Ja!«

»Und das nimmst du ihr besonders übel. Aber es ist dein Problem.«

»Okay.« Das war so ein Selbstfindungs-Seminar-Okay, dachte Lisi selbstkritisch. Es bedeutet nicht: Alles ist bestens, sondern ganz im Gegenteil: Was für eine Riesenscheiße, aber, *okay*, sehen wir uns das mal aus der Nähe an.

»Gut«, fügte sie mit einer diesmal deutlich schnippischen Stimmlage hinzu, »dann fahren wir eben in den Verlag. Keine Ahnung, ob sie überhaupt da ist, ihr Verlag ist ja angeblich pleite.«

»Können wir nicht zu Fuß gehen?«

»August, wir sind in einer Großstadt. Von hier nach Mitte laufen wir zwei Stunden.«

»Ich will nicht laufen, ich will gehen.«

»Ich mach dir 'nen Vorschlag: Wir fahren mit der U-Bahn zum Alexanderplatz und gehen dann zu Fuß zur Tucholskystraße.«

»Ich habe keine Leine und keinen Beißkorb.«

»So gefährlich siehst du auch wieder nicht aus.«

Ein älterer Herr in der U-Bahn machte zwar Anstalten, sich bei August über den frei laufenden Hund zu beschweren, aber der sah ihn nur etwas streng an, und das anfängliche Geschimpfe des Mannes verwandelte sich in ein verlegenes Stammeln. Sonst gewann Aisha nur Freunde, und sie genoss es, sich von den Schulkindern streicheln zu lassen, die ihre Sommerferien nutzten, um in irgendwelche Bäder oder Parks zu fahren.

Aisha wich nicht von Augusts linkem Bein, sie suchte

sogar den Körperkontakt, als sie – mit einem kleinen Umweg über die Volksbühne und, August zu Ehren, über die Auguststraße – in die relativ ruhige Straße gingen, in der das Verlagsbüro lag.

»Was ist eigentlich das Besondere an Berlin?«, fragte August etwas ratlos.

»Vielleicht, dass es nichts Besonderes gibt«, antwortete Lisi. Ihr Herz klopfte stark, als sie die Türklingel neben dem Schild mit dem Namen des Verlags drückte.

Der Öffner summte, sie gingen hinauf. An der Tür oben stand Susanne. Sie lächelte müde.

»Lisi.«

»Susanne.«

Die beiden Frauen umarmten einander. Nicht so, als wäre nichts geschehen. Aber so, dass Begrüßung und Versöhnung Hand in Hand gingen.

»Das ist August. Und das ist Aisha.«

»Ah! Der süße Hund!«, rief Susanne aus. »Und der berühmte August! Fred war ja regelrecht verliebt in Sie.«

»Ist er doch schwul?«, fragte August.

»Keine Spur. Ich meine das mehr so metaphysisch.«

»Meta oder physisch, sag der Lisi jetzt, dass du mich nicht gekauft hast.«

»Ich kenne Sie doch gar nicht!«

»Und gib uns die Adresse und die Telefonnummer vom Fred. Weil ich muss die beiden da zusammenbringen.« Er zeigte mit dem Kopf auf Lisi.

»Gute Idee«, sagte Susanne cool. »Aber noch geht es nicht. Fred muss schreiben. Er liefert heute um vier sein Buch.«

»Ist mir relativ wurscht«, sagte August. »Ich will die Nummer jetzt.«

»Und mir«, sagte Susanne, »ist es hundertmal wurschter als dir.«

Da musste Lisi lachen, und August, der nicht gewöhnt war, dass jemand anders das letzte Wort hat, fügte hinzu: »Wenn du wüsstest, wie wurscht mir das erst ist!«

»Warum bist du dann in Berlin?«, fragte Susanne.

»Fred hat mein Leben gerettet. Hab ich mir gedacht, gut, dann rette ich halt seine Liebe. Aber wenn du mich fragst, das ist ein Spinner. Lisi wird sich plagen mit ihm.«

»Das hab ich auch gesagt.« Susanne fühlte sich bestätigt. Überhaupt, dieser August gefiel ihr. Endlich mal ein Mensch, bei dem man wusste, woran man ist. Gott, wie hatte sie diese ganzen Katastrophenmeier satt!

»Gut«, sagte August. »Dann warten wir eben bis um vier.«

»Falls Fred kommt«, sagte Susanne. »Bei dem weiß man nie.«

»Und was glaubst du?«, fragte Lisi besorgt.

»Ich glaube, er kommt«, sagte Susanne.

»Na dann könnt ihr mir ja vorher noch irgendwas Interessantes von Berlin zeigen. Bis jetzt hab ich nämlich noch nichts gesehen. Irgendwas wie den Eiffelturm oder den Markusplatz oder den Broadway.«

»Das Tolle an Berlin ist, dass es eigentlich nichts Tolles gibt.« Sagte diesmal Susanne.

»Na toll«, meinte August. »Dann rauchen wir eben eine.« Er kramte seinen Tabaksbeutel aus der Hosentasche, worin sich eine wunderbar harzige Blütendolde des

Elbtaler Gewürzkrautes befand, welche August teilweise in seine Zigarette einbaute.

»Du hast Gras mitgenommen?«, fragte Lisi.

»Warum nicht?«

»Über die Grenze?! In meinem Auto?!«

»Es gibt ja keine Grenze mehr.«

»August!«

August ließ sich die Freude nicht nehmen. Nachdem er genüsslich geraucht hatte, meinte er: »Ich hab Hunger. Gibt's vielleicht irgendein interessantes Wirtshaus in Berlin?«

»Ich werde uns im Borchardt einen Tisch bestellen. Dann können wir unserem Gast immerhin den Gendarmenmarkt zeigen«, sagte Susanne.

»Im Borchardt?« Lisi zeigte ein gewisses Entsetzen. »Wir wollten doch *heute* zu Mittag essen, und nicht in drei Monaten.«

Susanne verschwand kurz im Nebenzimmer, um ungestört zu telefonieren.

»Dreizehn Uhr«, sagte sie lässig, als sie zurückkam.

Lisi war so richtig erstaunt: »Wie hast du das gemacht?«

»Ich hab auf den Namen Brad Pitt reserviert«, sagte Susanne. »Das geht immer. Keiner will sich Brad entgehen lassen.«

»Und wer soll zahlen?«, fragte Lisi.

Susanne holte einen 500er-Schein aus ihrer Tasche: »Geklebt und eingetauscht.« Lisi grinste beschämt.

Sie nahmen die U-Bahn und stiegen bei der Französischen Straße aus. August sah sich die große Stadt mit neugierigen und leicht geröteten Augen an.

Als sie das Lokal betraten und nach dem Tisch für Mister Pitt fragten, wurden sie zwar ein wenig misstrauisch beäugt, aber dennoch mit einem Platz an der Fensterfront bedacht.

Susanne nahm die auf der Etagère servierten Austern, Lisi das Kaninchen-Carpaccio, August bestellte etwas Butter zum gut gefüllten Brotkorb. »Ist ja schade drum.« Und während Susanne und Lisi sich für Schnitzel als Hauptgang entschieden, nahm August die Blutwurst, »Elsässer hin oder her, wird eh eine ganz normale Blutwurst sein. Aber das Schnitzel ess ich nicht, weil so gut, dass es den Preis wert ist, kann es gar nicht sein!«

Als die Vorspeisen kamen, schnappte sich August eine Auster: »Muss ich einmal kosten.« Er tat es Susanne gleich und schlürfte die Muschel aus. Sein Gesicht verzog sich. Er spuckte die Auster in seine Hand und gab sie Aisha.

»Pfui Teufel! Dem Hund schmeckt so was, aber das kann ja kein Mensch fressen!«

Er aß schnell ein Butterbrot nach. Der Wein kam. Da sich korrektes gendermäßiges Verhalten selbst in Lokalen der gehobenen Kategorie noch nicht durchgesetzt hat, zeigte der Kellner August die Flasche.

»Sau-vig-non!«, buchstabierte August ratlos, jede Silbe betonend. Als ihm der Kellner einschenkte, empörte er sich: »Na, Sie Lümmel! Geben Sie den Frauen auch was! Ich sauf die sicher nicht allein!«

»Du sollst kosten«, flehte Lisi.

August stürzte den Schluck hinunter.

»Passt eh.«

Der Wein war schnell getrunken, eine nächste Flasche wurde bestellt.

»Ich hab geglaubt, du hast kein Geld«, bemerkte August.

»Bei uns in Bayern sagt man: Ist die Kuh hin, ist das Kalb auch hin. Soll heißen, es ist auch schon egal.«

»Mir musst du das nicht übersetzen«, sagte August, »wir haben in Österreich denselben Spruch.«

Ihre Wangen röteten sich, der Wein machte sie fröhlich und übermütig. Lisi lachte laut, als August seine Blutwurst mit der Hand aß und vom Kellner wissen wollte, ob das Champagnerkraut mit Moët & Chandon oder Taittinger gemacht war.

Susanne stutzte. August hatte die Namen der Champagner perfekt ausgesprochen. In all die ausgelassene Stimmung hinein sagte sie: »August, du hast dich verraten. Du hast Französisch gelernt. Ich sag dir jetzt was auf den Kopf zu: Du bist aus einem gutbürgerlichen Haushalt und hast eine klassische Bildung genossen.«

»Aber geh«, sagte August. »Nur weil ich mich wie ein Trottel benehme, muss ich ja noch kein Trottel sein. Ich trink eben gern Champagner nach der Waldarbeit. Moët & Chandon, aber manchmal auch ein Gösser Bier.«

Es war klar, dass August das Thema nicht vertiefen wollte. Ohnehin wurde es Zeit, ins Verlagsbüro zurückzukehren.

Die drei schlenderten über den Gendarmenmarkt, und August bestand darauf, beim berühmten Chocolatier ein paar Confiserien zu erstehen, die er in der U-Bahn weitgehend alleine aufaß, wobei er die Augen genüsslich verdrehte.

»Kleine Naschkatze«, lächelte Susanne.

»Glaubst du, wird er kommen?«, fragte Lisi.

»Ja«, antwortete Susanne.

»Gott sei Dank bin ich betrunken«, stöhnte Lisi.

Als der U-Bahn-Schacht sie ausspuckte, mussten sie die Augen zusammenkneifen. Das Berliner Grau war heller geworden.

»Ich habe überlegt«, sagte Susanne. »Ihr könnt jetzt nicht mitkommen. Ich muss kurz mit Fred allein sein. Bitte. Ich schick ihn euch nach.«

»Wohin?«, fragte Lisi, trotzig und enttäuscht.

»Du hast doch dein Handy mit?«

»Klar.«

»Na also. Du zeigst August ein wenig Berlin, und dann sag ich euch einen Treffpunkt.«

»Ich kenne Berlin schon«, meinte August, der Lisi unterstützen wollte.

»Unter den Linden zum Beispiel«, schlug Susanne vor.

»Linden kenn ich auch schon«, sagte August.

Da Lisi sich gerade sehr für eine Auslage interessierte, oder vielmehr für ihr Spiegelbild in deren Scheibe, konnte Susanne August kurz beiseitenehmen.

»Hör zu, August. Du musst das mit den beiden in die Hand nehmen. Sonst wird das nichts. Du kennst sie ja. Wenn du den Engel siehst, okay?«

»Welchen Engel?«

»Achtung, sie kommt.« Susanne wandte sich an Lisi: »Deine Haare sind eh gut.« Lisi lächelte ertappt. »Und wenn er dann doch nicht kommt? Ich meine, in deinem Büro wäre Fred sozusagen in der Falle.«

»Genau, Lisi. Und das ist nicht gut. Man darf Fred nie zu etwas zwingen. Wenn du ihm einen Filmtipp gibst, fühlt er sich drangsaliert. Empfiehl ihm ein Buch, und er glaubt, er wird in seiner Freiheit eingeschränkt. Glaub mir, Lisi, er muss dir nachlaufen.«

»Na sicher«, assistierte August. »Wo kämen wir denn hin, wenn jetzt die Frauen den Männern nachlaufen müssten?«

»Und wenn er mir nicht nachlaufen will?«, fragte Lisi vorwurfsvoll, was Susanne wenig beeindruckte: »Dann, liebe Lisi, vergiss es einfach.«

»Du hast ja so recht«, sagte Lisi. Um gleich wieder von Zweifeln gepackt zu werden. »Und was ist mit unserem Vertrag?«

»Vergiss unseren Vertrag.«

»Du meinst, ich kann ihm die Wahrheit sagen?«, fragte Lisi ungläubig.

»Du kannst ihm sagen, was du willst. Sogar die Wahrheit.«

»Und was mache ich bis dahin?«

»Du zeigst unserem Gast alles, was man in Berlin gesehen haben muss.« Susanne winkte knapp. »Viel Spaß. Bis denne.«

Als Susanne kurz nach 16 Uhr in die Tucholskystraße abbog, überholte sie raschen Schrittes einen Mann, der sie freundlich grüßte.

»Frau Beckmann! Guten Tag!«

»Oh. Sie sind das.«

»Sie scheinen ja nicht gerade erfreut zu sein, mich zu sehen.«

»Wundert Sie das?«

»Ehrlich gesagt nicht.«

Es handelte sich leider nicht um Alfred Firneis, sondern um Dr. Meiningen von der Bank.

»Ist aber nett, dass Sie sich persönlich die Mühe machen.«

»Wir sind immer gute Partner für unsere Kunden, Frau Beckmann.«

Ach, wie ich diese Schleimer hasse, dachte Susanne, aber andererseits stimmte es, während andere Gläubiger schon nach der dritten Mahnung mit dem Exekutor vor der Tür standen, war die Bank ungewöhnlich lange geduldig geblieben. Susanne wusste aber genau, warum Dr. Meiningen sie zu ihrem Büro begleitete. Es war ihr nur gelungen, den Termin zu verdrängen, vollkommen zu verdrängen, was zweifellos auch mit der zusammenbrechenden Infrastruktur ihres Verlags zu tun hatte.

»Darf ich Ihnen einen Kaffee anbieten, Herr Dr. Meiningen? Meine Espressomaschine und eine zweite Sitzgelegenheit habe ich noch.«

»Gerne.«

Der Filialdirektor wartete höflich, bis Susanne den Kaffee serviert und sich ihm gegenüber gesetzt hatte. Während die Espressomaschine warmlief, rief Susanne Alfred an, aber der hob natürlich nicht ab.

»Frau Beckmann, leider muss ich Ihnen mitteilen, dass ich es gegenüber der Zentrale nun nicht mehr verantworten kann, Ihren Kredit bei unserem Institut nicht fällig zu stellen. Leider muss ich morgen die nötigen Schritte einleiten.«

»Was bedeutet das konkret?«

»Darf ich in aller Offenheit zu Ihnen sprechen?« Susanne konnte rhetorische Fragen nicht ausstehen, deshalb antwortete sie nicht. Aber das hatte Dr. Meiningen ohnehin nicht erwartet.

»Es wird im Zuge des Konkursverfahrens mittelbar zur Zwangsversteigerung der Immobilie kommen.«

Susanne erblasste. Natürlich war ihr immer klar gewesen, irgendwann würde irgendwer auf die Wohnung zugreifen, die ihr Vater ihr einst gekauft und in der sie sich das Verlagsbüro eingerichtet hatte. Aber irgendwann, irgendwer, das klang doch deutlich besser als *Zwangsversteigerung der Immobilie.*

Sie legte dem Filialdirektor die geplante Herbstvorschau des Verlags hin. Auf der Titelseite das Foto eines kleinen Sees, im Hintergrund Berge. Ein Holzsteg führt auf den See, zwei Handtücher liegen darauf, ein blaues und ein weißes.

»Liebe unter Fischen«, sagte Susanne. »Wir haben damit jetzt schon mehr verdient, als alle Außenstände des Verlags zusammen ausmachen. Die Vorbestellungen sind eine Sensation.«

»Sie hatten es erwähnt«, sagte Dr. Meiningen, »aber da gab es doch ein kleines Problem …«

Susanne sah auf die Uhr. Es war halb fünf. »Das kleine, ich würde fast sagen nebensächliche Problem bestand darin, dass das Buch noch nicht geschrieben war. Ich sage *war*, denn nun ist es geschrieben, und ich werde es in wenigen Minuten in Händen halten.«

Es war blöd, August angerufen zu haben. Saublöd, albern und *defizitär*. Defizitär, das hatte Charlotte gerne gesagt, wenn ihr etwas nicht gepasst hatte. Aber ein Künstler ist nun mal ein defizitäres Wesen, sonst wäre er kein Künstler.

In der Krise des Zorns hatte Fred Herzrasen bekommen. Die Ärztin war ihm wieder eingefallen, und er hatte seinen glühenden Kopf unter laufendes Kaltwasser gehalten, wobei merkwürdigerweise der seltsame Satz, den die Enkelin der Ärztin gesagt hatte, wieder in ihm aufgetaucht war – *immer, wenn ich nicht weiß, was ich tun soll, rede ich mit der kleinen Fee, die in meinem Herzen wohnt. Da bekomme ich eine Antwort.*

Mit Dankbarkeit dachte Fred an sein Leben in der Hütte am Ufer des Gebirgssees.

Stille erfüllte ihn.

Eine Welle Sehnsucht schlug in sein Herz.

Mara, Mara, Mara ...

Der Geist des Sees war über ihn gekommen, so hatte er es für sich formuliert, albern vielleicht, aber es hatte seinem Gefühl entsprochen. Dem festen, geradezu unerschütterlichen Gefühl, kein defizitäres, sondern ein göttliches Wesen zu sein. Nicht getrennt zu sein, sondern verbunden mit allem.

Das war gestern Abend gewesen. Fred hatte sich an das offene Fenster gestellt, durchgeatmet, und wie ein Zauber hatte ihn ein Strömen von Dankbarkeit ausgefüllt und der Wille, der Welt, was heißt der Welt, dem ganzen Universum etwas davon zurückzugeben. Was kümmerten ihn die Ränkespiele, die Dünkel der anderen? Er war in diesem Augenblick nicht in der Lage, diese Sucht nach Geld, nach Ansehen, nach den wohligen Schauern dessen, was die Menschen als Liebe bezeichnen, mit sich in Verbindung zu bringen.

In ekstatischer Freude, die Fred sich weder erklären konnte noch wollte, machte er sich an die Arbeit. Das Abrufen seiner See-Stimmungen funktionierte mit einer geradezu magischen Genauigkeit. Fred schrieb in wenigen Stunden all die verbrannten Gedichte wieder auf. Kurz nach Mitternacht war er fertig. Er legte sich erschöpft ins Bett, doch sein Schaffensrausch hielt ihn wach, immer und immer wieder sprang er auf, um noch einige Zeilen zu korrigieren, und bis zum Morgengrauen entstanden danach noch sieben neue Gedichte.

Als er am frühen Nachmittag erwachte, schielte er zunächst misstrauisch nach dem neuen elektronischen Gerät, das ihm in der Nacht zum Freund geworden war. Er sprang auf, öffnete die Datei – und sah mit einem gewissen Befremden, dass sein neuer Gedichtband fix und fertig gespeichert war.

Allerdings war seine Euphorie einer unguten Verstimmung gewichen. Und als er das Gerät ausschaltete, wusste er nicht, warum er Susanne Beckmann diese Texte anvertrauen sollte. Schließlich bin ich Künstler und kein Lohnschreiber, den man mit einem fiesen Ultimatum erpresst, sagte sich Fred. Wo bleibt der Respekt?!

»Willst du mit dem Ausflugschiff auf der Spree fahren?«
»Ist sicher schön. Aber weißt du, Lisi, das Wasser und ich, das ist keine Liebesgeschichte.«
»Möchtest du ins Bodemuseum?«
»Nein.«
»Ins Pergamonmuseum? Es ist weltberühmt!«
»Nein.«
»Ins Museum für Islamische Kunst?«
»Nur, wenn Aisha auch hinein darf.«
»Kann ich mir nicht vorstellen.«

»Ich mag Museen nicht so.«

»Ich auch nicht.«

»August, darf ich dich was fragen? Aus was für einer Familie kommst du?«

August hielt inne, sah Lisi tief in die Augen und seufzte bedeutungsschwer: »Ich habe einen Vater und eine Mutter.«

»Und was waren die von Beruf?«

August verstand: Lisi würde hartnäckig bleiben. »Meine Mutter war Köchin und mein Vater Fürst.«

»Fürst?«

»Der Fürst, dem der ganze Grund bei uns gehört. Jedenfalls die Gründe und Wälder, die nicht der Kirche gehören.«

»Und deshalb hast du so einen fürstlichen Namen! August!«

»Nein, August heiße ich, weil ich im August geboren bin. So ist das in Afrika. Und bei uns in den Alpen.«

»Gott sei Dank bist du nicht im März geboren. Klingt jedenfalls alles sehr archaisch.«

»Altmodisch jedenfalls. Ein lediges, nicht angenommenes, aber akzeptiertes Kind. Ich bin mit den Kindern der Holzarbeiter und der Dienstboten aufgewachsen, aber ich durfte Forstwirtschaft studieren. Ich kenne die höfischen Regeln. Aber die des Waldes sind mir lieber.«

»Und deshalb benimmst du dich so gerne schlecht?«, fragte Lisi halb beeindruckt, halb amüsiert.

»Nein. Das schlechte Benehmen ist genetisch. Das hab ich von meinem Vater.« Lisi lachte. August insistierte, und erst jetzt zeigte er so richtig, wie er die *Hochsprache* beherrschte, wenn er denn wollte: »Glaub mir, es ist keine

Plattitüde, wenn ich dir sage, dass ich unter den Mägden und Holzknechten noblere Menschen kennengelernt habe als unter Fürsten und Grafen. Aber das alles bin nicht ich. Das ist nur meine Geschichte. Hallelujah. Ende der Predigt.«

Sie waren zu einem prächtigen Boulevard gekommen. »Unter den Linden«, erklärte Lisi. »Hat auch mal ein Fürst anlegen lassen, ich glaub als Reitweg oder so.«

»Muss für den Forstmeister eine ziemliche Herausforderung gewesen sein, so viele gleich große und gleichartige Linden auf einmal aufzutreiben.«

Sie schlenderten weiter Richtung Brandenburger Tor. Lisi erklärte dies und das, musste sich aber eingestehen, eine lausige Fremdenführerin zu sein, weil sie zwar einige Gebäude kannte, aber von keinem einzigen viel mehr wusste als den Namen.

»Weißt du, was ich an Berlin mag?«, fragte August. »Du kannst mit einer kurzen Hirschlederhose und einem Hund ohne Leine spazieren gehen, und kein Mensch schaut dich blöd an.«

»Drum wohne ich hier«, sagte Lisi. »Du bist den anderen egal. Hat natürlich auch Schattenseiten.«

Lisi holte ihr Telefon aus der Tasche und vergewisserte sich, dass es eingeschaltet war.

»Bist du nervös?«, fragte August.

»Wenn du dabei bist, fast nicht«, antwortete Lisi.

August drückte Lisis Hand, und sie wandelten weiter unter den Linden, als wären sie das Paar, das es zusammenzuführen galt.

»Verdient haben Sie es nicht, aber hier ist das Buch. Datei Fische. Diesen Tabletten-Computer oder wie das heißt können Sie behalten, ich brauch das Ding nicht mehr.«

Alfred Firneis war grußlos in Susannes Büro spaziert. Nun knallte er ihr sein schickes neues Gerät auf den fast leeren Schreibtisch und fügte mit gespielter Emotionslosigkeit hinzu: »Wo ist Mara?«

Diesen lümmelhaften Auftritt hatte er in der U-Bahn geistig eingeübt. Er fiel ihm schwer, weil er sich – im Gegensatz zu August – um schlechte Manieren richtiggehend bemühen musste. Das Buch für sich zu behalten oder gar noch einmal zu vernichten war ihm als wenig sinnvoll erschienen, und ebenso kindisch wäre es ihm vorgekommen, stolz zu bleiben und Mara nie wiederzusehen. Auch wollte er sich nicht noch einmal die Blöße geben, sich als Opfer eines Komplotts zu stilisieren. Aber ein kleiner böser Auftritt war das Mindeste, was er seiner Eitelkeit schuldig war.

»Das ist Dr. Meiningen von der Bank.«

»Tag«, sagte Fred.

»Guten Tag. Jetzt ist wohl alles gerettet, nicht?« Dr. Meiningen erhob sich und drückte Susanne die Hand: »Frau Beckmann, so leicht geht es natürlich nicht. Wenn ich in der Zentrale anrufe und sage, hallo, die Gedichte sind da, lachen mich die aus. Wenn ich Glück habe. Wenn ich es richtig verstehe, können Sie sich nicht mal den Druck leisten.«

»Das ist das geringste Problem. Ich nehm einfach 'ne Druckerei, wo wir keine Schulden haben.«

»Frau Beckmann. Ich gebe Ihnen noch zwei weitere Tage. Dann kommen Sie bitte mit einem Papier zu mir, mit einem Druckauftrag, einem Buch, egal, irgendwas für die Zentrale. Guten Tag.« Hacken leicht zusammengeschlagen, der Mann war bei der Volksarmee gewesen, keine Frage, auf Wiedersehen.

»Ich weiß, Sie halten ihn für einen Arsch«, sagte Susanne zu Fred, nachdem sie Dr. Meiningen hinausbegleitet hatte. »Aber der Mann ist wirklich schwer in Ordnung.«

»Wo ist Mara?«

»Jetzt seien Sie doch nicht selbst der Arsch. Trinken Sie ein Glas Prosecco mit mir.«

»Ich hasse Prosecco.«

»Herr Firneis. Bitte!«

Die Mischung aus mütterlicher Strenge und verzweifelter Suche nach einem Trinkkumpanen brachte Fred zum Schmunzeln. »Okay.« Er merkte, wie er sich entspannte.

»Ist meine letzte Flasche«, sagte Susanne und stellte sie vor Fred hin, weil sie schon immer der Meinung gewesen war, das Entkorken von Flaschen sei eine typische Dienstleistung des Mannes, wenn nicht gar dessen zentraler Schöpfungsauftrag.

Sie prosteten einander zu und sahen sich lange in die Augen, sie ein bisschen müde, er ein wenig lauernd.

»Was für eine lange Geschichte bis zu diesem Augenblick«, seufzte Susanne.

»Wie laufen die Vorbestellungen?«

»Wir haben praktisch schon 60.000 Stück verkauft.«

»Was ist eigentlich mit meinem Vorschuss?«

»Wird Ihnen in den nächsten Wochen überwiesen.«

Fred lachte schallend. Den Satz kannte er gut.

Susanne zeigte auf den Entwurf zur Herbstvorschau,

die direkt vor Fred auf dem Tisch lag, weil der Mann von der Bank sie nicht mitgenommen hatte.

»Wie finden Sie das Foto?«

»In echt ist es schöner.«

»Liebe unter Fischen, das passt perfekt dazu.«

Susanne schnappte sich die ausgedruckten Seiten und las Fred den Vorschautext vor: »Fred Firneis. Liebe unter Fischen. Neue Gedichte. In einem lyrischen Parforceritt nimmt Fred Firneis alle Hürden, die nach Adornos Verdikt nicht mehr überwindbar schienen. Von Asphalt- und Großstadtgedichten über extrem reduzierte, traditionelle Haikus bis hin zu pastoral anmutenden Gleichnissen, die er in Reimform zu kleiden wagt, zeigt uns die schillerndste Persönlichkeit deutschsprachiger Lyrik in der Nachfolge Kleists und Eichendorffs die gesamte Vielfalt seines Könnens – in einem Wettstreit zwischen Trauer und Hoffnung, Weltschmerz und Erleuchtung, und das stets mit einer Ironie, von welcher sich schwer sagen lässt, ob sie als romantisch oder postmodern zu bezeichnen sei.«

»Bisschen lang der Satz«, sagte Fred. »Aber im Prinzip alles richtig. Ich wundere mich nur, dass Sie die Haikus und die Reime erwähnen.«

»Ein paar Haikus können nicht schaden. Außerdem hab ich dadurch mehr Seiten, dann können wir mehr verlangen. Und die Reime fand ich am Ende ganz charmant. Ein ordentlicher Verriss im *Spiegel* ist unterm Strich eine feine Sache.«

»Ihnen kann's ja egal sein.«

»Sie haben gereimt, nicht ich! Aber so viel war's denn auch wieder nicht. Sonst gar nichts einzuwenden?«

»Postmodern. Das Wort gefällt mir nicht. Postmodern

ist scheiße. Postmodern ist tiefste Achtziger. Eine Ironie, von der sich sagen lässt, sie sei romantisch und *unsterblich*, das wäre angebracht gewesen.«

»Es gibt noch einen Schlusssatz«, sagte Susanne. Sie wusste, beim Loben von Künstlern konnte man gar nicht übertreiben. Das fiel denen einfach nicht auf. Es gab keine Peinlichkeitsgrenze. »In der Nachfolge aller Größen des Genres von Ovid über Shakespeare, Matthias Claudius und Bob Dylan bis Falco ist Fred Firneis der absolute Popstar zeitgenössischer Lyrik.«

Fred rümpfte die Nase. »Bob ist so alt. Können Sie nicht Brecht nehmen? Und Falco ist so tot. Wie wäre es mit Madonna?«

Susanne grinste. Fred spürte, dass er errötete, aber er überspielte es: »Klar, ich weiß, der Satz steht nicht wirklich drinnen, aber Sie sollten überlegen, ihn in die nächste Ausgabe aufzunehmen.« Fred stand auf. Er wollte jetzt gehen. Die Sache mit Mara musste von Susanne kommen. Es schien ihm zu jämmerlich, nun noch einmal nach ihr zu fragen. Susanne nahm Fred bei den Händen und küsste ihn auf beide Wangen.

»So überschwänglich kenne ich Sie gar nicht«, bemerkte Fred verwundert.

»Sie haben heute meinen Verlag gerettet. Danke.«

»Wenn Sie mir gesagt hätten, dass es so wichtig ist, hätte ich Ihnen schon was geschrieben. Warum sagen Sie denn nichts?«

»Nehmen Sie außer sich selbst eigentlich sonst irgendetwas wahr?«

»Gelte ich nicht als ausgezeichneter Beobachter?«

»Ihrer selbst.«

»Sie denken ja auch nur an sich.«

»Ich denke vielleicht an meinen Vorteil. Aber immerhin nehme ich noch andere wahr.«

»Wollen Sie mir jetzt eine Szene machen?«

»Ich will Sie nur bitten – nehmen Sie Mara als Mensch wahr. Sie ist eine Gute.«

»Wer ist Mara? Wo ist Mara?«

»Fred, gehen Sie zum Engel, dort werden Sie weitersehen.«

»Welcher Engel?!«

»Na die Goldelse.«

»Ich soll zur Siegessäule gehen?«

»Dort werden Sie Mara treffen.«

»Ist das nicht ein bisschen zu phallisch als Treffpunkt?«

»Herr Firneis! Bitte! Seien Sie einmal in Ihrem Leben nicht kompliziert!«

»Ich werde mir große Mühe geben.«

»Leben Sie wohl.«

August stand vor dem Brandenburger Tor und glotzte es an wie viele hundert andere Touristen auch. »Und ist das so toll, das Brandenburger Tor?«

»Nö«, sagte Lisi.

»Außergewöhnlich wird es vor allem durch die hässlichen Gebäude in der Nachbarschaft«, sagte August. »Aber die Straße da ist toll. Eine schöne Gerade.«

»Da sind nach dem Krieg Flugzeuge gelandet, hab ich mir sagen lassen. Das ist die Straße des 17. Juni.«

»Und was war am 17. Juni?«

»Keine Ahnung. Die Love-Parade. Oder irgendwas mit der DDR.«

Lisis Telefon läutete. »Ja«, sagte sie. Und: »Okay.« Und: »Wir sind praktisch auf dem Weg.« Und, mit Blick zu August: »Huh.«

»Klopft das Herzerl?«, fragte August.

»Ja.«

»Na dann ist es ja gut.«

»Wieso ist das gut?«

»Wenn es nicht klopft, bist du tot.« August hatte seine Freude mit Lisis Nervosität.

»Wir müssen da runterlaufen«, sagte Lisi und zeigte auf die schöne gerade Straße.

»Schon wieder laufen?«

»Gehen!«

»Moment.« August zog sich die schweren Bergschuhe und die dicken Wollsocken aus. Dann ging er zu einem japanischen Touristen, der mit offenem Mund das Brandenburger Tor anstarrte. Der Mann schien seine Gruppe verloren und auch das Aufwachen vergessen zu haben. »Please«, sagte August und faltete seine Hände zu einer hohlen Form. Der Japaner kramte nach Geld, aber August zeigte auf die große Wasserflasche, die der Tourist in der Hand hielt. »Water, please.« Aisha verstand und stellte sich an, um zu trinken. Jetzt verstand es auch der Mann mit der Flasche und lächelte freundlich. Er goss Wasser in Augusts Hände, und Aisha schlabberte es gierig auf. Nun tauchte die Gruppe des Japaners wieder auf, das Bildmotiv rief Entzücken und Gelächter hervor, und einige Tage später wurde in Tokio, in Osaka und Yokohama folgendes Foto vorgezeigt: Ein bloßfüßiger Mann in Lederhosen kniet vor dem Brandenburger Tor, ein Tourist gießt Wasser in seine gefalteten Hände, aus denen ein schwarzer Hund trinkt. Aisha hatte Durst, und August Spaß beim Posieren für die begeisterten Japaner.

»Bitte, August!«, flehte Lisi. »Wir müssen los!«

»Gleich.« Zehn Fotos noch, alle aus der Gruppe mussten das Motiv haben, dann stand August auf, faltete höflich die Hände vor seinem Herzen, verneigte sich, schnappte seine Schuhe, und sie konnten losgehen.

»Wir müssen genau da hin. Zu der Säule«, erklärte Lisi.

»Hast du Angst?«, fragte August.

»Naja, eigentlich … so bisschen mulmig vielleicht … also … ja, ich habe Angst.«

»Unsere Angst entsteht meistens nicht aus der Sorge, dass wir so klein und begrenzt sind«, sagte August. »Unsere größte Angst ist, dass wir unendlich mächtig sind.«

»Das verstehe ich nicht«, sagte Lisi.

»Ich auch nicht«, antwortete August. »Aber es ist, wie es ist. Ich muss mal.«

»Ich eigentlich auch.«

»Na dann ab hinter die Bäume.«

Als sie sich kurz darauf wiedertrafen, zeigte sich August begeistert: »In Berlin gibt es ja mehr Wald als in ganz Österreich!«

»Du übertreibst.«

»Jedenfalls mehr Wildschweine. Der Boden ist schon halb hin.«

»Können wir jetzt weitergehen, oder willst du weitere Fährten analysieren?«

»Schimpf nur rum, wenn es dich erleichtert.«

Aber es erleichterte Lisi gar nicht. Die Siegessäule war jetzt nur noch wenige hundert Meter entfernt. Der Unterbau mit den kleineren Säulen und der schwebende, goldene Engel an der Spitze des steinernen Turms waren schon deutlich zu erkennen.

»Er glaubt immer noch, ich bin Mara, eine Wizzenschaftlerin aus der Slowakei. Susanne hat ihm nichts verraten.«

»Vielleicht schon?«

»Nein! Sie hat es mir ja gerade vorhin gesagt. Am Telefon.«

August blieb stehen. »Hör zu, Lisi. Ich weiß, dass du ihm gefällst. Sieh's einmal so: Fred liebt deine Augen, deine Haare, deine Brüste, deinen Hintern, deinen Geruch. Er will Sex mit dir haben!«

»Sehr romantisch!«

»Ich will ja nur, dass du dich entspannst!«

»Und ich will, dass er mich liebt!«

»Sex ist doch schon einmal eine gute Grundlage.«

»Bei dir ist immer alles so einfach.«

»Es geht gar nicht einfacher. Die ganze Natur will nichts anderes als Sex.«

»Hör jetzt auf!«

»Ich will ja nur sagen, ob du Mara heißt oder Lisi, Greti oder Yvonne, ob du über Fische forschst oder Fische verkaufst oder Filmstar bist oder Brote streichst, das ist ihm egal. Er steht auf dich.«

»Ich streiche keine Brote. Ich arbeite für ein Cateringunternehmen.«

»Lisi, nur ein Tipp. Versuch, in der nächsten halben Stunde nicht kompliziert zu sein. Einfach. Nicht kompliziert.«

»Kannst du mich jetzt bitte allein lassen.«

»Kein Problem. Komm, Aisha.«

August machte kehrt. Er war nicht wirklich beleidigt, verspürte aber ohnehin kein gesteigertes Bedürfnis, beim Zusammentreffen von Lisi und Fred dabei zu sein.

»August! Bitte!« Lisi war ihm nachgelaufen. »Es tut mir leid. Bitte. Bitte komm mit. Vielleicht erkenne ich ihn ja gar nicht wieder ohne dich.«

August machte wiederum kehrt: »Alles, wie du willst. Ich möchte nur anmerken, zugegeben, schlecht benehmen kann ich mich ganz gut, aber so unhöflich wie du bin ich noch lange nicht.«

Lisi drückte August einen entschuldigenden Kuss auf die Wange. Statt die sichere Unterführung zu nehmen, überquerten sie laufend die breite Straße, die wie ein Ring um die Siegessäule lag, und liefen die Stufen zu dem Monument hinauf. Lisis Herz klopfte wie wild, aber ihr war nicht übel. Immer, wenn ihr bei aufregenden Begegnungen leicht übel war, wurde nichts draus, so gut kannte sie sich schon aus jahrelanger Selbstbeobachtung. Diesmal fühlte sie sich in ihrer Panik durchaus wohl.

»Riesig«, sagte August. »Aber auch nicht wirklich schön.«

»Berlin ist nicht schön. Aber sexy«, wandelte Lisi einen Ausspruch des Bürgermeisters ab.

Sie waren zweimal um die Säule gelaufen, richtig gelaufen, selbst die etwas erschöpfte Aisha fand Gefallen an diesem lustigen Spiel.

»Er ist nicht da«, wimmerte Lisi, deren Mut wieder zu sinken begann.

»Kann man hinaufgehen?«, fragte August.

»Klar.«

»Dann los.«

Lisi zahlte den Eintritt. 285 Stufen später waren sie auf der Aussichtsplattform angelangt.

»Hallelujah, die Viktoria!« August begrüßte die Siegesgöttin wie eine alte Freundin.

»Im Volksmund heißt sie Goldelse«, keuchte Lisi, die sich vorsichtig umsah. Denn so komplett außer Atem wollte sie nicht auf Fred treffen. Obwohl. Auch schon egal! Kein Fred in Sicht. Überhaupt hatten sich nur wenige Menschen den herben Aufstieg angetan.

»Und der Ausblick!«, rief August. »Das ist ja zum Verrücktwerden schön!«

Und dann stellte er sich gerade hin, ließ zuerst einen juchzenden Schrei los, der in einen lauten, aber langsamen, fast elegischen, von tiefer Freude erfüllten Jodelgesang überging: »Hul-jo-i-diri-di-ri, hol-la-rai-ho-i-ri.« Lisi rann ein kalter Schauer über den Rücken, so exotisch und so schön war das: Und dann – was war das – eine zweite Stimme gesellte sich dazu, von der anderen Seite des Turms, da jodelte noch jemand: »Hul-jo-i-diri-di-ri, hol-la-rai-ho-i-ri.« August spielte sogleich mit der zweiten Stimme, antwortete auf die musikalische Frage, zunächst verhalten, dann juchzend, und die Wirbelsäule vibrierte, auf der Höhe des Herzens, genau dort, wo bei Engeln die Flügel angewachsen sind, und die Siegessäule vibrierte mit.

»Hul-jo-i-diri-di-ri, hol-la-rai-ho-i-ri!«

Der Gesang endete, und Fred und August liefen einander in die Arme und hielten sich ganz fest.

»Du bist nicht gekauft ...«, sagte Fred, und es klang eher nach einer Feststellung als nach einer Frage.

»Du bist ein solcher Depp«, antwortete August liebevoll, und dann herzten sie einander noch einmal. Beide hatten Tränen in den Augen.

»Na toll, die haben sich gefunden«, dachte Lisi, die etwas abseits stand und ebenfalls Tränen in den Augen hatte, aus Angst, aus Ergriffenheit, aus Zorn, das wusste sie nicht so genau. Nein, Lisi, sagte sie sich, zwei Männer lieben sich, das ist gerade auf der Siegessäule so okay wie sonst fast nirgends auf der Welt, und du – wirst – jetzt – einmal in deinem Leben – einfach – nicht – kompliziert sein!

Da hatte Fred sie schon entdeckt, und er löste sich von August und ging auf sie zu und nahm sie bei den Händen. Lisi ergriff kurz entschlossen die Initiative und legte ihre Lippen auf jene von Fred und ließ sie versuchsweise dort liegen. Das fühlte sich gut an. Fred erwiderte ihren Kuss und nahm sie ganz fest in die Arme.

Jetzt werde ich ihm die ganze Sache mit Mara gestehen müssen, dachte Lisi. Jetzt gleich und nicht erst später!

Oder vielleicht doch ein kleines bizzchen später?

28. Juli

Die Sonne stieg langsam, aber zielstrebig in den Himmel.

Zwei Hände fanden sich in den zerwühlten Laken. Ein fragender, kleiner Druck.

Eine bejahende Antwort aus der anderen Hand.

»Ich fühle mich müde, aber verjüngt«, sagte sie und kicherte wie ein Mädchen.

»War eine lustige Nacht«, bestätigte er.

Susanne stand auf und stellte Wasser für den Kaffee zu.

»Ich wette, die sitzen immer noch irgendwo rum und reden«, rief August ihr in die Küche nach.

»So boshaft kenne ich dich gar nicht.«

»Du kennst mich überhaupt nicht.«

»Das stimmt.«

August stand ebenfalls auf und streckte sich. Susanne betrachtete ihn aus den Augenwinkeln. August war unverschämt jung. Was war ihr da eingefallen? Immerhin, volljährig, absolut volljährig, tröstete sie sich, und der Restalkohol half sicher dabei. Eventuell auch die Restwirkung der Elbtaler Gewürzkräuter. Das war ihr erster Joint seit mindestens 15 Jahren gewesen!

»Im Grunde«, sagte August und trank ein Glas Wasser, bevor er den Satz fortsetzte, »hab ich für Dichter überhaupt nichts übrig. Die meisten Gedichte entstehen nur, weil irgendwer zu wenig Sex hat.«

»Die meisten Verbrechen auch«, konterte Susanne.

August gab ihr brummend recht. Überhaupt fühlte er sich ein wenig brummelig. Immer diese verzweifelte Suche nach Liebe, hatte er gestern laut und seufzend zu Aisha gesagt, als sie von der Siegessäule abgestiegen waren, unbemerkt von Lisi und Alfred. Dann hatten sie sich in den Park gelegt und ein wenig gedöst. Da er in Berlin sonst niemanden kannte, hatte er sich zu Susanne begeben, die gerade in aufgeräumter Stimmung aus ihrem Büro gekommen war, ihn zuerst zum Essen ausgeführt, danach zu sich heimgeführt und letztendlich verführt hatte.

»Das mit Fred und Lisi hat keine große Zukunft, glaube ich«, unkte August und fügte augenzwinkernd hinzu: »Aber wir zwei ...«

»August, ich könnte deine Mutter sein!«

»Du bist aber wesentlich lustiger als meine Mutter.«

August ging ins Bad, dann saßen sie in der Küche und tranken Kaffee.

»Ich geh jetzt eine Runde mit dem Hund, und dann führst du mich nach Grünbach, okay.«

Susanne lachte: »August! Ich muss arbeiten. Ich kann dich nicht nach Grünbach bringen. Ich bin gerade dabei, meinen Verlag zu retten!«

»Na sicher bringst du mich nach Grünbach. Das Buch schickst du zur Druckerei, und los geht's.«

»Ich habe nicht mal ein Auto.«

»Das ist dein Problem.«

»Nimm den Zug.«

»Mit dem Zug brauche ich drei Tage.«

»Dann frag Lisi.«

»Vielleicht hat sie andere Sorgen. Außerdem hast du uns allen diese Suppe eingebrockt!«

»Ich kauf dir ein Flugticket.«

»Und du glaubst, ich sperre meinen Hund in einen Käfig in den Frachtraum?«

»Ich weiß was. Ich werde Bassam anrufen.«

»Bassam.«

»Er ist einer unserer Autoren und Taxifahrer.«

»Ich hoffe, er fährt besser, als er schreibt.«

»Er ist ein hervorragender Schriftsteller! Sonst wäre er nicht in meinem Verlag.«

»Und warum muss er dann Taxi fahren?«

»Weil er in meinem Verlag ist.«

»Und für dein Papier fällen wir unsere Bäume.«

»Er wird dir einen Preis machen.«

»Er wird *dir* einen Preis machen.«

Als August von der Hunderunde zurückkam, war auch Susanne geduscht und angekleidet. »Bassam kommt in einer halben Stunde«, sagte sie.

»Ich hoffe, der ist lustig, dein Bassam«, grummelte August.

»Ich bin mir sicher, ihr werdet viel Spaß haben.«

Sie standen auf der Dachterrasse von Susannes Wohnung, zwischen Lorbeerbäumchen und Rosmarinsträuchern, sahen auf grüne Baumkronen, teilten sich noch eine große Flasche Wasser und gestanden sich ein, beide sehr neugierig zu sein, was wohl aus Lisi und Fred geworden war.

»Ich rufe Fred einfach an«, sagte Susanne. »Ich wollte ihm ohnehin sagen, dass seine Gedichte gut sind. Was heißt gut, sie sind tatsächlich sensationell.«

Sie stellte ihr Handy auf Lautsprecher, wählte und hielt es zwischen August und sich in die Höhe.

»Anrufbeantworter von Alfred Firneis. Bitte hinterlassen Sie keine Nachricht. Ich rufe nicht zurück.«

»Na klar«, sagte Susanne. »Wir werden uns die Geschichte wohl selbst ausdenken müssen.«

»So oder so«, sagte August lächelnd, »es ist, wie es ist.«

Ende

> »Eine höchst persönliche und sehr lebendige Auseinandersetzung mit dem Zweiten Weltkrieg.«
>
> Mia Eidlhuber, *Der Standard*

Paris, August 1944. Die Stadt ist von Hitlers Wehrmacht besetzt, doch die Tage der deutschen Herrschaft sind gezählt. Der junge Soldat Gerhard Freund erlebt die sinnlose Brutalität des Kampfes und desertiert. Er wird von der Résistance festgenommen und von amerikanischen Soldaten vor der Erschießung gerettet. Mehr als sechzig Jahre später liest René Freund das Kriegstagebuch seines verstorbenen Vaters und fährt nach Paris, auf der Suche nach einem schärferen Bild von seinem Vater – und der eigenen Familiengeschichte.

208 Seiten. Gebunden
www.deuticke.at

Um die ganze Welt des
GOLDMANN Verlages
kennenzulernen, besuchen Sie uns doch
im Internet unter:

www.goldmann-verlag.de

Dort können Sie
nach weiteren interessanten Büchern *stöbern*,
Näheres über unsere *Autoren* erfahren,
in *Leseproben* blättern, alle *Termine* zu Lesungen und
Events finden und den *Newsletter* mit interessanten
Neuigkeiten, Gewinnspielen etc. abonnieren.

Ein *Gesamtverzeichnis* aller Goldmann Bücher finden
Sie dort ebenfalls.

Sehen Sie sich auch unsere *Videos* auf YouTube an und
werden Sie ein *Facebook*-Fan des Goldmann Verlags!

www.goldmann-verlag.de
www.facebook.com/goldmannverlag